쿠웨이트
여자

كوَيْتيَّة

쿠웨이트 여자

초판 1쇄 인쇄 2013년 2월 5일
초판 1쇄 발행 2013년 2월 10일

지은이 | 수아드 알 사바
옮긴이 | 장세원, 이동은
발행인 | 이상기
발행처 | 아시아N
공급처 | 다우출판 (전화 02-701-3443, 팩스 02-701-3442)

디자인 | 파피루스

등록번호 | 제300-2011-176호
등록일자 | 2011년 10월 6일

주소 | 서울시 종로구 명륜동1가 33-90 화수회관 207호(우110-521)
전화 | 02-712-4111   팩스 | 02-718-1114
이메일 | book@theasian.asia
홈페이지 | http://kor.theasian.asia
ISBN 978-89-969582-1-5 03890

ⓒ Souad Al Sabah

※ 책값은 뒤표지에 있습니다.

이 도서의 국립중앙도서관 출판시도서목록(CIP)은 e-CIP홈페이지(http://www.nl.go.kr/ecip)와
국가자료공동목록시스템(http://www.nl.go.kr/kolisnet)에서 이용하실 수 있습니다.
(CIP제어번호:CIP2013000480)

쿠웨이트 여자

كوَيْتيَّة

수아드 알 사바 지음
장세원 · 이동은 옮김

이 시집은
수아드 알 사바 시인의 만해상 수상을 기념하고,
한국 독자들에게 아랍의 시 세계를
소개하기 위해 발간하였습니다.

−아시아N

눈물… 헤아릴 길 없는 눈물.

집집마다 문이 없는 작은 마을이 된 세상에선 달도 더 이상 비밀을 지키지 못합니다.

시인이 모든 이의 가슴에 속삭이기 좋은 환경입니다.

과학기술 시대에 시인이 된다는 건 얼마나 아름다운 일인 지요.

세상의 심장이 박동을 멈추고 향수의 시대가 지난 이때 감 성을 노래한다는 것은 또 얼마나 아름다운가요.

아, 사막의 장미가 된다는 건 얼마나 달콤한지, 그 향기는 세 상의 모든 언어를 타고 흐르니, 모든 연인들이 그 뜻을 압니다.

그러나 시는 언제나 그 향기의 꽃가루를 이곳 저곳 옮길 꿀 벌이 필요하지요.

숙련된 번역자만이 할 수 있는 일이랍니다.

번역의 대목마다 나는 스스로에게 묻습니다. 번역자가 당신의 어법과 구조를 빼버려 독자를 다른 곳으로 데려간다면, 당신의 의미를 어떻게 지킬 것인가? 독자들은 무엇에 감동할 것인가?

확실하게 남는 것은 그 은밀한 의미뿐. 그래서 번역은 한 언어에서 다른 언어로 느낌을 전달하는 일에 다름 아닙니다.

시인이 종이 위에 흘린 눈물은 번역될 수 없음을 독자는 잘 압니다. 번역자가 한 작업은 텍스트를 다른 언어로 옮긴 것일 뿐. 그렇게 감춰진 감정을 드러내고 또 다른 언어로 외침으로써 사랑을 여러 형태와 색깔로 보여줍니다.

번역은 그래서 멋지고 위대한 일. 번역자는 시인의 정원에서 일하는 꿀벌. 전세계에 문화의 꽃가루를 옮깁니다.

번역자는 신뢰의 큰 부담을 집니다. 문학작품의 경우 그 독창적인 문맥 때문에 더욱 특별한 행위이지요.

번역자는 단순한 꽃가루 매개자가 아니라 창작의 파트너입니다.

감각이 작품 속에 잠길 때, 그는 창작의 영역에 위험한 발걸음을 내딛습니다.

번역자가 작품의 이곳 저곳을 항해할 때, 그는 예술가와 나란히 날개를 펼치고 순수의 비행을 하게 되지요.

현지화란 배신행위와 마찬가지. 번역은 신뢰의 행위인 동시에 창작의 행위이기 때문이지요. 번역자는 결코 작품의 문맥을 적합한 다른 언어로 현지화할 수 없습니다. 원작의 진정한 의미와 독창성을 훼손시킬 수밖에 없습니다.

번역자는 한 언어에서 다른 언어로 의미를 전환하는 데 충실할 뿐. 가끔 내 작품이 번역될 때, 내가 번역의 세계를 뛰어넘어 여러 세기를 관통하는 문화에서 온 것처럼 느껴졌던 기억이 있습니다.

모든 시대와 사건과 과학에 유용한, 깊이 있고 현대적인 아랍어의 순수성이 담긴 지식의 샘물을 마시기 위해 온 세계의 번역자들이 모여듭니다. 아랍어의 자궁은 여전히 예술 생산자들을 낳고, 아랍의 영혼을 세상을 향해 열린 창으로 만들어줍니다.

아랍 예술가는 사랑과 진실을 믿는 이가 추구하는 지혜의 실현을 위해 고집스러운 영혼의 항해를 계속합니다. 진정한 학자는 지식에 속박되지 않는 법. 아랍 학자들은 살아있는 언어로 표현 가능한 시대의 독창적인 표상. 그래서 번역이 융성하고, 학자들은 계속해서 글을 옮기고 탐구하고 창작할 수 있습니다.

아랍 학자들은 12세기 동안 동과 서를 잇는 다리의 역할을 해왔습니다. 거기서 빛나는 태양이 만들어졌지요. 그 빛은 인간성에 영감을 불어넣고, 문화교류의 가치를 믿는 열린 마음을 관통합니다. 무지로부터의 해방과 자기표현이란 공통의 목표를 향해.

창조자는 가치의 수호자이자 인간성 해방의 지도자라는 신념으로, 나는 자유를 대변하는 목소리가 되기로 작정했습니다. 어떤 상황, 어떤 곳에서든.

나는 내 자신이 읽기 위해 글을 쓰지 않습니다. 나는 세상에 읽히기 위해 글을 썼습니다. 내 글을 읽을 때 세상은 수아드 알 사바를 통해, 여성을 대변하고 노스텔지어를 사랑하며 자신의 권리를 요구하다 억압된 이들의 외침을 대변하는 수많은 목소리를 듣게 될 것입니다.

슬픔의 이름으로 쓰인 억압된 자들의 고뇌 또한 들리겠지요. 그러나 독재자들, 결코 그들의 목소리가 되지는 않을 것. 그들이야말로 나의 목소리를 반기지 않을 자들. 나는 독재자들에게 혐오의 대상일 뿐. 자유의 적들만이 나와 싸우려 합니다.

처음부터 나는 전선에서도 최일선에 서왔습니다. 내 시집이 간행됐을 때 나는 시가 여성 자체인 것처럼 다뤘습니다. 여성으로서의 시, 여성으로서의 태양, 그리고 가장 위대한 아랍어 시인 중 한 명인 아부-알타옙 알-무타납비가 말한 "자존감 없는 초승달 같은 남성"을.

시는 번역의 대상이 될 때 구체적인 독창성을 갖습니다. 그것은 살아있는 대상으로서 시간이란 시험에 직면하게 됩니다. 시 번역은 모든 의미 전달을 요구하지 않습니다. 그것은 응용 과학의 몫일 뿐.

시에는 보이는 의미와 보이지 않는 의미가 있지요. 시인의 불은 결코 꺼지지 않기 때문에, 재 아래는 늘 타다 남은 잉걸 불이 있기 마련입니다.

나는 글쓰기에 충실한 만큼 책과 사람에 대해서도 충실하려 합니다. 책과 사람은 그 형성과 생태적 구성에서 엄청난 유사성을 가진 개체. 둘은 혈액순환, 신경계, 호흡계까지 유사하지요.

인간이 산책하고, 산에 오르고, 수영하고, 수상스키를 타고, 여행을 하듯이, 책 또한 세상을 여행하고 미지의 세계로 항해하는 취미를 즐깁니다.

책은 지식을 전파하고 지혜를 가르치고 암흑 속의 인간에게 빛을 비추는 성자입니다. 그것은 앞으로도 계속 그래야 합니다.

책 번역 작업에 참여한 모든 분들에게 감사를 드립니다. 넘치는 사랑을 받은 나는 얼마나 행운아인가, 관심과 이해의 대상이 된 나는 얼마나 행복한가, 나는 바다 위를 나는 갈매기 같은 행복을 느낍니다. 물고기를 잡아 고귀한 자부심으로 창공을 향해 솟구치는 갈매기 같은.

시는 한 영혼에서 다른 영혼으로 주행하는 재빠른 빛과 같습니다. 나는 여기서 쿠웨이트의 갈매기가 되어 한국의 강둑으로 날아갑니다. 한국은 걸출한 작품을 지어낸 진지하고도 빛나는 문화인을 낳은 멋진 나라입니다. 부디 내 사랑을 받아 주시기를.

수아드 알 사바

쿠웨이트 여류 시인 수아드 알 사바, 모성, 조국애, 페미니즘을 노래하다

걸프문학은 더 이상 아랍문학의 아웃사이더가 아니다. 오일 달러에 파묻혀 고뇌하는 문학정신은 온데간데없다거나, 립스틱 질척하게 바른 입술처럼 수사와 과장으로 점철되었다거나 하는 선입견은 이제 벗어던져야 한다. 강자에 당당히 맞서 우레와 같은 고함을 내지르는 팔레스타인 저항문학의 차원은 아닐지라도, 베일 뒤에 숨어 현실을 외면하는 비겁한 문학은 이제 아니다.

여류시인 수아드 알 사바의 시는 걸프문학에 대한 새로운 시각을 정립하기에 충분하다. 그녀의 시에서 지도자에 대한 과도한 찬양이나 조국에 대한 일방적인 찬가는 더 이상 찾을 수 없다. 오히려 시인은 테러, 전쟁, 이데올로기 속에서 고통 받는 일반 아랍여성의 아픔을 여성의 섬세한 손길로 어루만진다.

시인은 걸프 여성으로서 짊어져야만 하는 원죄를 떨쳐버리려 몸부림치면서도 자신이 걸프 여성임을 당당히 고백하고, 석유로 인한 물질만능주의에 젖은 조국 쿠웨이트를 비난하면서도 조국에 대한 연민을 토로한다. 이와 같이 시인에게 있어서 남자란, 증오의 대상이나 사랑할 수밖에 없는 존재이다.

시인의 외침은 현실을 외면하거나 정체성을 부정하지 않는다. 그럼에도 불구하고 그녀의 시가 감동을 주는 것은 바로 여성으로서 할 말을 솔직담백하게 털어놓기 때문이다. 간결한 문체와 직설적 화법은 시적 감동에 읽는 재미를 가미하는 조미료이다.

장세원

쿠웨이트 시인의 작품이 한국에서 소개되는 것은 이번이 처음이다. 특히 쿠웨이트에서 매우 높은 평가를 받는 시인이며 학자인 수아드 알 사바의 작품이 번역됨으로써 그동안 베일에 싸여있던 쿠웨이트 문학의 숨결이 투명하고 강렬하게 모습을 드러내게 되었다. 더욱이 여류 시인 특유의 섬세한 감성과 예리한 시선은 한국 독자들의 공감을 얻기에 부족함이 없는 흡인력을 지녔다.

수아드 알 사바의 시 세계는 '페미니즘'과 '모성'과 '조국애'로 대표된다. 시집 1부의 「여자 부스러기」와 2부의 「쿠웨이트 여자」에서는 가부장적인 쿠웨이트 사회에서 숨죽여 살아야 하는 여성들의 억눌린 자아와 차폐된 분노가 표출되고, 시집 3부의 「내 아들, 너에게」와 4부의 「당신의 마지막 집」에서는 가슴 시린 모성애가 그려진다. 사랑하는 어린 아들을 잃은 어머니의 절규는 같은 처지에 있는 모든 쿠웨이트 어머니들의 눈물이며, 더 나아가 모든 아랍 어머니들의 통곡이다. 시집 후반부에서 잃어버린 어린 아들은 이라크의 침공으로 위기에 처한 조국 쿠웨이트를 상징하고 그의 모성애는 뜨거운 조국애로 승화된다. 시인은 절절한 모성애와 비장한 조국애를 솔직한 시어들을 통해 분출하고 정화하며 미래를 기약한다. 수아드 알 사바에게 시는 자식이고 친구이며, 생명이고 진리이며, 신앙이고 구원자다.

오늘날 쿠웨이트 여성들을 비롯한 모든 아랍 여성들의 주요 화두는 '페미니즘'이고, 그들 삶의 본질은 '모성애'이며, 당면한 현실은 '조국'이다. 이러한 측면에서 시인은 모든 아랍 여성들의 가슴에 청량한 박하 향을 선물하고 있다.

수아드 알 사바는 쉽고 설득력 있는 언어로 대중들, 특히 여성들의 마음속에 들어가 사랑과 슬픔, 분노와 절제, 희망과 그리움을 함께 공유하는 매력을 지녔다. 아랍인들은 예로부터 지금까지 시를 높이 숭상하고, 시인을 비범한 능력의 소유자라고 여기며 존경한다. 시인 수아드 알 사바는 아랍인들의 고유한 문학관에 정확하게 부합하는 이 시대의 지성임에 틀림없다. 더욱이 그는 유연한 감성과 날카로운 이성, 헌신적 모성애와 철저한 페미니즘 등과 같이 결코 섞이기 어려운 정서들을 자연스럽게 조화시키며 왕족의 신분으로서 서민의 울분을 노래하는 훌륭한 능력을 보인다. 아울러 여류 지성인의 울타리에 안주하지 않고 오랜 인습의 굴레에서 고통받는 모든 여성들의 고뇌와 희망을 대변한다는 점에서 진정한 페미니즘을 실천하고 있다.

이번 번역서가 쿠웨이트인의 삶과 문학을 이해하는 작은 씨앗이 되고, 더 나아가 한국과 쿠웨이트 간 문화교류에 도움이 되길 희망한다.

이동은

추천사

눈을 번쩍 떴다!

수아드 알 사바 여사의 시는 강물의 긴 시간 위에 있다. 진실의 음향音響이 출렁인다. 수아드 알 사바 여사의 시는 태양의 정오正午를 기억하는 석양의 수평선을 잉태하고 있다. 그녀의 시는 절규의 모성으로만 가능할 것이다.

가슴이 뜨거워진다. 자신의 정체성과 조국에 바쳐지는 저항과 귀의의 제단 앞에서 누가 경건하지 않을손가. 그녀의 여성 선언이야말로 인간 선언이다.

또한 그녀로 하여금 누구는 저 팔레스타인의 다르위시를, 누구는 제3의 세계사를 지향한 나세르를 새삼 만나게 된다.

수아드 알 사바는 아랍의 한 영광이다.

_고은 시인

제가 시를 좋아하는 편이긴 하지만 전문가도 아니고, 제대로
된 시 하나 남긴 것도 없고, 마음에 드는 산문 하나 남기지도
못한 사람입니다.
하지만 수아드 알 사바의 시 한편에 저는 충격이고 위로이며
도전이었습니다.

"나의 연인이여
난, 상사병에 걸린 여자입니다
종교의 힘으로 나를 부축해 주세요
하지만 당신은 북극에 있고…
당신을 향한 나의 그리움은 적도에 있습니다"

그의 어느 시를 보아도 같은 느낌이지만 그에게는 꾸밈이 없
습니다. 현학적이지도 않고 미사여구도 없습니다. 시 안에 고
뇌가 있고 삶이 담겨 있으며 피울음이 있습니다.
그의 처지를 말하려 하는 것이 아닙니다. 그는 존재감에, "살
아있음"에 스스로를 던지고 싶어 하는 시인이기를 간절히 원
하는, 그런 우리 이웃입니다.
단지 저와 다른 것이 있다면 저에게는 그와 같은 시련과 고통,
고뇌와 슬픔이 없어 아직 그처럼 시를 쓰지 못하고 있다는 부
끄러움, 안도감, 그러나 희망 같은 것이 있을 뿐입니다.
수아드 알 사바! 그는 이제 제가 이 땅에 살면서 한 번은 꼭 만

나고 싶은 시인으로 제 가슴에 남습니다.

_김근상 대한성공회 주교, 한국 기독교교회협의회 회장

힘드시지요? 수아드 알 사바 시인의 시가 당신에게 위안을 줄
겁니다.
모르셨지요? 이 책을 통해 이슬람과 아랍을 이해하실 수 있을
겁니다.
어떡할까요? 아시아 서쪽과 동쪽, 이슬람과 이웃 종교가 만나
머리를 맞대면 됩니다. 수아드 시인이 그 길을 안내합니다.

_**법륜** 스님

쿠웨이트에서 여성 참정권이 보장된 것이 2005년의 일이라고
합니다. 그것을 가능케 한 휴머니스트이자 자선사업가인 수아
드 알 사바 쿠웨이트 공주의 시집이니 관심이 각별합니다. 몇
년 전, 국회의원 신분으로 이란과 파키스탄을 방문한 적이 있
습니다. 이방인 여성에게도 차도르 복장을 입히는 그들의 규
칙을 따르면서, 아주 특별한 사람들이라고 생각했습니다.
그런데 공주의 시를 몇 편 읽으니, 그 고통과 번뇌의 수렁이

17

얼마나 깊은가를 절감하게 됩니다. 그의 〈시련〉은 '종파주의는 절망이고 재앙입니다'라고 규정하고, 그의 〈기도〉는 '신이시여… 내 기도와, 내 복종과, 내 존경을 받아 주소서'라고 간구합니다. 그의 〈햇불을 들어 올리시오〉에서 '꿈과, 희망이, 뜨거운 눈물 속에 녹아버렸습니다. 눈물은, 억눌린 진실을 위해 통곡하는 피가 되어 흘렀습니다…… 진리를 향해 깨어나시오, 시간이 가기 전에'라고 절규하고 있습니다. 깊이를 알 수 없는 그들의 고통이 그의 기도에 의해 조금이라도 어루만져지기를 기원합니다.

_**김명자** 전 환경부장관

"나의 펜은, 그것은 나를 그리워했던, 나의 연인입니다
아, 그것을 손가락으로 사무치게 끌어안았습니다
잉크가 나의 손에서 즐겁게 운다고
알라의 자비 덕분에 글자와 더불어 노래한다고 여겼습니다"

달라이 라마가 말했던가요? 세상에서 가장 위대한 종교는 기독교도, 불교도, 이슬람교도 아니고 '친절'이라고. 수아드 알사바의 시를 대하면서 다시 한 번 이 말을 떠올립니다. 나의 신 '엘'과 발음만 다른 '알라'의 자비입니다. 자비가 내면의 말

이라면 친절은 외면의 말이겠지요. 펜의 위대함을 다시 느낍니다. 자비는 서로를 살리는 만인의 종교입니다. 죽이는 전쟁, 경쟁, 차별, 억압, 양극화를 넘어서 더불어 살며 평화를 노래하는 그녀에게, 함께 같은 시대를 살고 있는 것이 행복하다고 고백하고 싶습니다. 그녀의 고통의 노래에 힘입어 저도 "아 내 사랑의 슬픔으로, 내 극한의 그리움으로, 아 내 고통의 비명으로, 내 사랑의 신음으로" 분단된 내 나라와 갈등과 반목의 이 세상을 연인처럼 사무치게 끌어안고 살아가겠습니다.

_**김종수** 목포산돌교회 담임목사

시인의 시어는 사막의 별빛이다.
고립무원, 절망의 순간에도 별은 빛난다.
결코 희망을 저버리지 않는 사랑이다.

_**진양혜** 아나운서

지난해 만해상 수상 결정 이후 주 쿠에이트 한국대사관 직원을 자신이 거주하는 궁으로 초대해서 오찬을 베푼 적이 있다. 그의 시에 담겨 있는 인간에 대한 깊은 애정과 배려가 점심을 먹는 내내 그의 행동에서 그대로 느껴졌다.

수아드 알 사바는 쿠웨이트뿐 아니라 중동지역 전역에 잘 알려지고 존경 받는 여성 시인이다. 특히 여성에 대한 사랑과 인간애를 소재로 한 시는 쿠웨이트 젊은 층들 사이에서 사랑을 받고 있다. 사회적 약자를 지키려는 열정은 그의 시에서 강렬하고도 힘 있는 표현으로 나타난다.

아랍 문화를 조금이나마 맛보면서 아랍 문화권에서 널리 사랑받는 이 시인의 여성인권과 인류평화에 대한 이해를 엿볼 수 있는 좋은 기회가 될 것이다.

_**김경식** 주 쿠웨이트 대사

"나는 내 몸의 스케치북 위에 그림을 그립니다
나의 모든 과오를, 나의 모든 비애를
그리고 아랍인 모두의 꿈을…"

차례

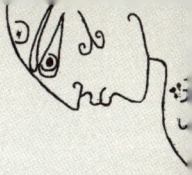

1

여자
부스러기

فتَأفيتُ امْرَأة...

여성복수어미 '눈'* 위의
4륜 쌍두마차

1

남자들은 이야기합니다

글쓰기는 죄악이라고…

하여 글을 쓰지 말라고

사원 중앙에서의 기도는… 위법이라고

하여 가까이 가지 말라고

시를 쓴 잉크는 독약이라고

하여 그것을 마시라고

---

* '눈'은 아랍어 25번째 자음이다. 아랍어는 특이하게도 기본 동사 형태 마지막 어미에
자음을 붙여 성(남성/여성)과 수(단수/쌍수/복수)를 나타낸다. 예를 들어 동사 마지막
에 이 '눈'이 붙으면 여성 복수, 즉 '그녀들'이 주어가 되는 동사가 만들어진다.

فَتَأَنِيتُ امْرَأَة...

나는!
잉크를 수없이 들이켰습니다
그렇지만 난 중독되지 않았습니다
나는!
시를 산더미처럼 썼습니다
그리고 모든 별에 큰 불을 놓았습니다
그러나 알라께서는 단 한 번도 내게 화내지 않으셨습니다
예언자께서도 내게 성내지 않으셨습니다

2

남자들은 이야기합니다
말言은 남자들의 전유물이라고…
하여 말하지 말라고
연애시는 남자만의 예술이라고…
하여 사랑하지 말라고
글쓰기는 심해深海라고…
하여 잠수하지 말라고
나는, 많이 사랑했습니다…
나는, 자주 수영했습니다…
나는, 바다에 뛰어들었지만 가라앉지 않았습니다…

3

남자들은 말합니다
내가 시를 써서 미덕의 벽을 부쉈다고
남자만이 시인이 될 수 있다고
그렇다면 어떻게 여류시인이 탄생할 수 있을까요??
나는 이 모든 망언을 비웃습니다
우주 전쟁의 시대에
여아를 생매장하려는 자들을 나는 조롱합니다
나는 내 자신에게 묻습니다
왜 남성의 노래는 정당하고
여성의 목소리는 부도덕한가요?

4

왜?
그들은(남자들은) 미신적인 울타리를 칠까요
들판에 그리고 숲에
구름에 그리고 비에
여자의 사랑과 남자의 사랑에 어떤 차이가 있을까요?
시 속에 섹스가 있다고 누가 말했습니까?
산문 속에 섹스가 있다고?
생각 속에 섹스가 있다고?

누가 말했습니까
자연은 아름다운 새의 소리를 거부한다고?

5
남자들은 말합니다
내가 내 무덤 위 대리석을 부쉈다고…
맞는 말입니다
내가 동시대의 가치관을 말살했습니다…
맞는 말입니다
내가 동시대의 위선을 뿌리째 뽑았습니다…
그리고 내가 동시대의 양철 같은 도덕을 짓뭉겠습니다
그러자 남자들이 나를 가해했습니다
만물 중에 가장 아름다운 것은 부상 당한 산양입니다
남자들이 나를 십자가에 매달면 감사하겠습니다
이미 그들은 나를 십자가로 향하는 예수의 대열에 세웠습니다

남자들은 말합니다
여자란 나약하다고
가장 훌륭한 여자는 바로 삶에 만족하는 여자라고
여성 해방이란 가장 큰 죄악이라고
가장 멋있는 여자는 앞만 보고 달려가는 여자라고

남자들은 말합니다
여류작가들은 이상한 사람이라고
들판에 난 풀 중에… 광야가 거부하는 풀이 있다고
당신은 배가 불러
시를 쓴다고

나는 나에 대해 회자되는 말을 웃어 넘깁니다
나는 동시대의 머저리 같은 가치관을 수용할 수 없습니다
양철 같은 동시대의 이성을 무시합니다
나는 저 높은 곳에서 계속 노래를 합니다
나는 알고 있습니다
천둥이 곧 천지를 뒤흔들 것을…
폭풍이 곧 휘몰아칠 것을…
남자들은 이 대지에서 사라질 것이고
나는 살아남을 것입니다
나는 그것을 알고 있습니다.

미친 여자

1

난, 미친 여자입니다…
당신 남자들은 지혜로우나
난, 지혜의 천국을 박차고 뛰쳐나온 미친 여자입니다
당신 남자들은 지혜로 충만하여
한여름의 녹음을 만끽하지만,
난, 지혜롭지 못하여 한겨울 들판에 서서 한파에 맞섭니다

2

난, 사랑에 빠지면… 사랑의 늪에서 헤어나지 못하는 여자입니다
그래서 다른 여자들처럼

내 몸뚱이는 농락당합니다
난, 예민한 여자입니다
남자가 내 귀에 숨을 몰아넣으면
내 몸뚱이는 연기처럼 공중을 유영합니다…

난, 마치 대양에서 길 잃은 물고기처럼 방랑하는 여자입니다…
언제 당신은 나를 구속에서 풀어줄 건가요…?
외투 주머니에 내 방 열쇠를 감추고 있는 사람이여
나의 일거수일투족을 감시하는 사람이여

3
나의 연인이여
난, 상사병에 걸린 여자입니다
종교의 힘으로 나를 부축해 주세요
하지만 당신은 북극에 있고…
당신을 향한 나의 그리움은 적도에 있습니다
나의 연인이여
나는 십계+誡를 따르는 자가 아닙니다
때문에 나는 고난과 피의 역사로 점철될 뿐…

내가 의지할 것은 오로지 사랑뿐입니다
사랑 이외에는 어떤 것도 무의미합니다
나는 나의 조국을 사랑합니다…
당신의 심장에는 감귤나무가 있습니다…
나의 조국만이 나의 사랑입니다….

여자 부스러기

1

나의 주인이시여… 나는 산유국 여자입니다
사막 모래밭에서 비수처럼 반짝반짝 빛을 내는 여자입니다…
사주四柱 책에 기록된 나의 운명에 맞서,
신기루에 맞서,
제국의 폭력에 맞서,
남자들에 맞서 저항하는 여성입니다

나는 '파티마'* 입니다
암늑대마냥 한밤중에 목 놓아 울부짖으면,
어느새 사냥꾼들이 나를 포획하기 위해 모여듭니다

───────────

* 파티마는 가장 흔한 아랍 여자 이름이며, 그 자체로서 아랍 여성을 상징한다.

나의 주인이시여…

나는 광기로 가득한 마녀魔女입니다…

지금 나의 상태를 어떤 말로도 형언할 수 없습니다

당신을 향한 나의 사랑은 신화 속 한 장면과 같습니다

제발 나의 환상을 깨뜨리지 마세요…

2

나의 주인이시여

당신이 나의 운명을 가지고 어떻게 장난쳤길래?

난, 이제 당신 이외에는 의지할 데 없습니다

당신이야말로 나를 옥죄는 가장 강력한 민족주의입니다

당신의 가르침은 내가 읽은 것 중에 최고입니다

내가 여행할 때 짊어지고 다니는 모든 종이들

그 종이들 위에 당신, 바로 당신의 모습이 그려져 있습니다…

그리고 내 거울들… 난 그 거울로 내 얼굴을 들여다보지 않습니다

오히려 당신, 바로 당신의 얼굴을 비춰봅니다

내가 한적할 때 듣는 노래들

그것은 당신, 바로 당신이 좋아하는 곡들입니다…

난, 이제 당신 이외에는 머물 곳이 없습니다

당신이 모든 공간을 점령했기에

난, 이제 당신 이외에는 시간을 함께 보낼 상대가 없습니다

당신이 모든 시간을 몰수했기에

당신은 나의 천정… 나의 지붕… 나의 기둥…

난, 이제 당신 이외에는 조국이 없습니다

당신이 나의 조국이 되었기에

야금야금 나를 점령한 자여,

나의 존재를 완전히 지웠습니다

사람들이 내 이름을 불러도,

그것은 내가 아닌 당신을 부르는 것입니다…

3

나의 주인, 나의 주인이시여

법을 초월하여, 아니 '샤리아'*를 초월하여

나를 지배하는 분이시여…

손바닥에 올려놓은 물처럼 나를 구금하는 자여

내가 훈육할 수 없었던 아기여

내가 여름의 녹음을 선사했으나…

나에게 폭풍을 답례했던 아기여…

---

* 이슬람법.

내가 직접 내 몸 속에서 끄집어낸 아기여
당신은 얼마나 위대한지!!

4
나의 주인이시여
여기 나의 고향에 오신 것을 환영합니다
나는 당신을 향한 연민의 정을 숨겼습니다
나의 주인이시여…
비록 계약서도 없고… 증인도 없지만 당신은 나의 주인이십
니다
나를 점령한 자여…
선전포고도 없이… 기병도 없이… 군대도 없이
마른 하늘의 날벼락처럼 나를 점령한 분이시여
당신이 나에게 오기 전에, 난 나의 땅이 있었습니다
그러나 당신을 향한 사랑 때문에,
난 그 땅을 잃었습니다…

5
나의 주인이시여
나의 몸속 세포에서 나가 주세요

나의 글에서…
나의 붓에서…
내 노트의 밑줄에서…
나의 손금에서…
나의 주인이시여 나가 주세요
나의 침대 시트에서…
이른 아침 내 몸을 적시는 보슬비에서
나의 옷핀에서… 나의 머리빗에서…
그리고 새까만 마스카라에서…

이치에 맞지 않습니다…
당신이 나의 두 입술에 일 년 동안 머문다는 것은
이치에 맞지 않습니다. 당신이 나를 도륙한 다음
도륙의 혐의를 나에게 뒤집어 씌운다는 것은…
나의 주인이시여
나에게 폭력을 가할 때 쓸 칼을 높이 치켜드세요
이것은 절대 사랑이 아닙니다
오히려 이것은…
(가장 저급한 표현을 빌리자면)
베르베르인*들이 흔히 자행하는 무자비한 공격입니다…

---

* 북아프리카 사막 지대에 거주하는 원주민.

6

주인이시여, 나의 주인이시여

나에게 불의 갑옷을 입히시는 분이시여

어떻게 가능합니까…

당신의 두 손으로 직접 나의 가슴과 나의 영혼을 도려내는 것이?

알라께서 당신을 선처하시기를…

당신이 나를 노예에서 해방시킬 수 있습니까?

그렇다 하더라도 당신 없이 나는 앞을 볼 수 없습니다

나는 소리를 들을 수도 없습니다…

당신이 없으면…

나는 당신 없이는 알지 못합니다

태양도, 바다도, 밤도, 별도

나의 주인이시여

나는 고향집 앞 해변의 진주였습니다…

당신이 사랑스러운 두 손으로 나를 집어 지금의 자리로 옮겼
습니다

그래서 지금 나는 단지 한 여자의 부스러기

나의 주인이시여

만약 당신이 나를 옥죄려고 한다면,

당신은 한 여자의 부스러기로만 볼 것입니다

당신은 한 여자의 부스러기로만 볼 것입니다
당신은 한 여자의 부스러기로만 볼 것입니다.

한 걸프 여자의
비망록

1

나는 걸프 여자입니다

입술 사이로 적도가 지나가는 걸프의 여자입니다

그녀의 '다셔다샤'* 실밥 위로 모여듭니다

진주잡이 배들이

바다 새들이

여름밤의 별똥별들이

알라의 정원들이…

---

* 걸프 여성들이 즐겨 입는 전통 아랍 옷.

2

나는 늘 푸른 연꽃나무입니다
불로 달구어진 동銅으로 만들어진 과일입니다
달콤한 선잠의 꿈속에 나타나는 꽃입니다
나는 유목민의 자손입니다
당신에게서 사랑을 배우기 위해
중국해를 건너 당신을 찾아온 여자입니다
그러니 나에게 사랑을 가르쳐 주세요…

3

나는 걸프 여자입니다
천일야화 책에서 뛰쳐나온
부족 공동체를 버리고 나온
사자死者들의 포위를 뚫고 나온 걸프 여자입니다
나는(당신과 함께 있을 때 만큼은)
역사의 도도한 흐름에 당당하게 맞서는
대지의 인력을 힘차게 이겨내는 저항하는 여자입니다
나는 절반의 해방을 거부하는 여자입니다
그러니 나의 혁명을 축도해 주세요…

4

나는 걸프 여자입니다
하반신은 물고기
상반신은 여자…
나는 피리… 나는 '루바바'*… 나는 쓰디쓴 커피…
나는 길 잃고 유랑하면서
말발굽으로 자유의 시를 쓰는 망아지입니다
나는 푸른 바다 위를 떠다니며
가공의 이야기를 갈기갈기 찢을 때까지
절대 안식을 취하지 않는 비수입니다…

5

나는 걸프 여자입니다…
모든 이에게 빵이
모든 이에게 비가
모든 이에게 사랑이 채워지도록
발톱을 곧추 세워 싸우는 여자입니다
나는 걸프 여자입니다…
바다의 짠 물과

---

* 사전적 의미는 '흰구름', '흰색의 뭉게구름'이라는 뜻이다.

심해의 도도한 해류와

상어 이빨을 가진 남자들과

비밀경찰의 감시에 맞서 싸우는, 저항하는 여자입니다

6

나는 걸프 여자입니다…

나는 성숙한 여자입니다…

나는 건전한 여자입니다…

나는 올바른 여자입니다…

나는 귀여운 부족장입니다…

나는 낙원입니다…

만약 오늘 하루 당신이 나를 원한다면

나는 기꺼이 당신의 조국이 되어줄 것입니다…

7

나는 당신을 마치 발찌처럼 걸고 다니는 집시여인입니다

동으로 만든 치렁치렁한 발찌

나는 당신을 이 세상 끝 경계까지

열반의 문턱까지… 끌고 갑니다

새하얀 눈을 녹이는 사람이여

당신은 향수의 기억을 녹이고…
나의 기억마저 녹입니다…

8

나는 여성의 연약한 붓으로 당신을 위해 쓴 송시입니다
나는 당신의 종달새
나는 당신의 섬
나는 당신의 교회당
그러니 당신을 향한 나의 연민의 종소리를 들어 보세요
당신이 원하는 시간에 주저하지 말고 나의 방문을 두드리고,
나의 속눈썹 위에
당신의 슬픔을 거세요….

간청

1

당신께 간청합니다
나와 내 책 사이에 멈춰 서지 마세요
내 미간 사이에…
그리고 내 눈 앞에…
나의 마스카라와… 나의 속눈썹 사이에
나의 입과… 나의 목소리 사이에
그것이야말로 내가 견딜 수 없는 억압이기 때문입니다

2

당신께 간청합니다
나의 거울과 나의 얼굴 사이에 멈춰 서지 마세요

나의 다리와… 나의 그림자 사이에
나의 손가락과… 나의 메모지 사이에
커피 잔과… 나의 입술 사이에
나의 잠옷과… 나의 침대보 사이에
이것이야말로 내가 견딜 수 없는 식민통치이기 때문입니다

3

당신께 간청합니다
나를 분쇄하지 마세요
당신을 향한 내 사랑의 의무들 사이에…
나의 부족을 향한 내 역사적인 의무들 사이에…
내 아버지의 십계와
바로 당신의 십계 사이에…
벌꿀처럼 달콤한 내 어머니와의 입맞춤과
미친 듯 격렬한 당신과의 입맞춤 사이에…

4

당신께 간청합니다
'나의 일기장'이란 호텔에서 당신의 가방들을 가져가세요
당신이 내 차에 두고 갔던

신문들과… 정치서적들…
당신이 구입했던
박하사탕 봉지들
내 유년시절이 만족스럽도록…

5
당신께 간청합니다
시간의 단편들로부터 당신의 두 손을 들어 올리세요
내 생활의 일정으로부터…
나는 당신께 토요일과… 그리고 일요일을 헌납했습니다
나는 당신께 화요일과… 그리고 수요일을 희생했습니다
여름과… 겨울까지도
이미 지난 시간들을
앞으로 닥쳐올 시간들조차도…

봉건영주여
당신은 말 위에 올라 앉아 내 두 손의 동맥 위를 밟고 다닙니다
그리고 두 손으로 내 운명의 열쇠를 꽉 쥡니다
그리고 붉은 촛농으로 내 두 입술을 봉합니다
수백 수천 번 당신께 간청합니다
나에게 고성을 지를 자유를 주세요

나와 구름 사이에 멈춰 서지 마세요

하늘에서 비가 내릴 때면….

중세로부터… 미래로

1

내가 당신을 얼마나 사랑하는지 알았더라면,
당신은 나를 파라오처럼 대하지도…
정복자들이 그러하듯, 당신은 조건들을 제시하지도 않았겠
죠…
내가 당신을 얼마나 사랑하는지 알았더라면,
농부가 영주에게 땅을 바치듯,
당신은 나를 희생의 제물로 바치지 않았겠죠…

내가 당신을 얼마나 사랑하는지 알았더라면…
당신은 나를 낡아빠진 의자처럼
아니면 고대 유물처럼 취급하지 않았겠죠…
내가 당신을 얼마나 사랑하는지 알았더라면…

당신은 나를 억압하지도…
나를 때려 눕히지도
당신의 그 무시무시한 칼을 내 목에 들이대지 않았겠죠…
모든 지배자들이 그랬듯이

2

나의 주인이시여
만약 나의 유약함이 당신의 이마 위에
'불명예'라는 단어를 새겼다면,
당신은 석공에게 무엇을 새기라 명할 것입니까?
지혜를 독점했던
천상의 권력을 강탈했던
이기주의자들, 바로 그들이 당신 남자들입니다

연이은 나(여자)의 승전보로 혼란에 빠져
나를 에워싸고 열광하는 수천 명의 눈길을
애써 외면하려는 남자들이여…
내가 전세를 역전시킬까…
내가 밤하늘의 별처럼 빛날까 전전긍긍하는 남자들이여…
자스민 향을 두려워하는 남자들이여
진정 가능할까요…

은은한 자스민 향기를 기피하기가?

3

문명인이라고요??

그러면서 어찌 여아매장을 주장합니까…

이것이 무슨 문명입니까… 이들이 어찌 문명인입니까?

문명인이라고요??

그러면서 자신의 연인을 땅굴에 가둬두길 원합니까?

남자들에게 '교양인'이란 단지 글로만 존재합니까?

그들은 '미개인'이란 여자들에게나 해당한다고 주장합니다

그러나 만약 여자가 남자를 향해 비웃기라도 하면

남자는 알라의 처벌을 두려워합니다!

관대, 정의, 자유연애를,

외치는 남자들이여

당신들이야말로 맹목적 결속주의의 신봉자라고 나는 믿었습니다…

나는 당신이 자힐리야*사람들처럼 무지하지 않다고 생각했습

---

* '무지' 또는 '혼돈'을 의미하는 아랍어 단어로 이슬람이 발흥하기 이전, 즉 서기 622년 이전의 시기를 가리킨다. 이 시기는 이슬람을 모르는 시대라고 하여 일반적으로 '무지의 시대'라고 지칭된다.

니다

  단지 당신은 자힐리야의 광적인 신봉자일 따름이라 생각했습

니다

  나는 당신이 남다른 피조물이라 생각했습니다

  그러나 이제 나는 당신의 실체를 알았습니다…

  당신이 평범한 피조물임을, 남다르지 않은 피조물임을…!!

바다를 두려워하는
남자에게

1

나는 당신과의 동반여행을 취소했습니다
뱃멀미가 당신을 괴롭혔기 때문입니다
사랑의 두통이 당신을 괴롭혔기 때문입니다
마치 벨벳처럼 당신의 야들야들한 피부가
바다의 염분을 견디지 못하기 때문이었습니다
상어의 강한 이빨에 물릴까 두려워했기 때문입니다…

나는 항공권을 갈기갈기 찢었습니다
그리고 나는 마음먹었습니다
변덕스러운 날씨로부터…
바다 냄새로부터…
먼 여정으로부터 당신을 해방시켜 줄 것을…

나의 갑작스러운 입맞춤이 당신의 알레르기를 유발하고
갑판 위에서 잠을 청하도록 했기 때문입니다
그래서 빳빳하게 풀 먹인 당신의 셔츠와
이 도시에서 기술 좋기로 유명한 이발사가 빗질한
당신의 머리카락이 더러워지기 때문입니다…

2

나의 어린 연인이여, 꼼짝하지 말고 당신의 자리를 지키세요
화강암 비석에 새긴 기념사처럼 난 당신에게 반복해서 알립니
다…
비방과 욕설을 참지 마세요
쿠웨이트의 국민으로 남으세요
거기서는 지역 간 이동과
주소지 변경과
역사를 거스르는 것, 이 모두가 불법입니다
그러니 꼼짝하지 말고 당신의 자리를 지키세요…
마치 터미널의 벽시계처럼, 아니면 저 저급한 정치 벽보처럼
그도 아니면 정부 차량의 지정 주차장처럼

3

나의 주인이시여

다리 위에 다리를 포개고 앉아 있군요

오래 전 정복한 여성들로 양치를 하는군요

당신이 내 앞에서 얼쩡거리고

나에게 말을 붙이고…

나를 유흥가로 데리고 나가더라도 용서할 것입니다

난 당신이 유흥의 구렁텅이에서 허우적대지 않길 바라기 때문입니다

아무리 당신이 미워도

난 당신이 사랑의 희생자가 되는 것을 원하지 않기 때문입니다…

아무리 당신이 미워도

난 당신이 손가락 하나라도

머리카락 한 올이라도

당신의 혼인 예물 중

단 한 개라도 잃지 않기를 바라기 때문입니다…

당신이 듬직하고 균형 잡힌 체구의 남자라면,

나는 정신줄을 놓은 미친 여자입니다

당신이 사교계의 별이라면

나는 한없이 유랑하는 집시여인입니다

그래서 나는 도시의 두 얼굴을 모릅니다
그래서 나는 사교의 기술을 모릅니다

4

나의 주인이시여
어찌 당신은 칼집에 칼을 넣자마자 그 무자비한 살인 행각을
잊을 수 있습니까…
나를 향한 당신의 연민의 정을 용서할 것입니다…
당신 혼자 밤에 외도하는 것을 용서할 것입니다
왜냐하면 추위가 당신을 괴롭히겠죠
나와의 공원 산책도 당신을 괴롭히겠죠…
나는 당신을 용서합니다, 나의 주인이시여, 그 모든 것을…
왜냐하면 당신은 고통에 익숙하지 않기 때문입니다

5

남자여, 당신의 자리를 지키세요…
당신의 저 아둔한 일상의 노예가 되세요
8시에 당신의 커피를 기다리고…
8시 20분에 조간신문을 기다리고…
9시에 아침식사를 하고…

당신의 사무에 몰두하세요…
그리고 메일 교신에… 쿠바산 시가에
마치 이집트산 막대바늘*과 똑같은 방식으로 재배되는 그 시
가에

6
시간의 줄에 매달려 교수형에 처해진 남자여
돈과 일의 추종자로 계속 살아가세요…
안전한 피난처에 계속 피신해 있으세요
하지만 나는…
바다와 함께…
시와 함께…
번개와 함께 여행할 것입니다
당신이 모르는 모든 곳으로
나는 여행을 떠날 것입니다….

---

* 멍석이나 가마니를 틀 때 쓰는 막대바늘.

2

쿠웨이트
여자

كوَيْتِيَّة

당신이 바로
세상입니다

지도를 펼치세요···
오대양 육대주를 당신이 원하는 대로 배치하세요
대륙이 당신이고
대양이 당신이고
그리고 내가 당신이니까요···

지도상 모든 땅은 당신의 이름으로 시작하고
바다의 색은 당신의 두 눈에서 가져옵니다
낮과 밤은 당신의 명령으로 탄생하고
당신의 목소리로부터
당신의 굵은 두 팔의 동맥으로부터
바로 내가 탄생합니다···

당신은 사랑이란 미명 하에 나에게 몰래 접근합니다…
굶주린 상어 마냥
수면 위와 아래에서 동시에 나에게 몰래 접근합니다
나에게서 '연약함'이란 약점을 찾아냅니다
그런 다음 가차 없이 나를 공격합니다
나의 얼굴을 강타하고…
나의 가슴을 강타하고…
나의 등을 강타하고…
나의 손을 강타하고…
내 피가 오대양을
시뻘겋게 물들일 때까지….

평화협정

1

이리 오세요…

내가 평화협정을 맺겠습니다

평화협정에 따라, 내 일상을 당신의 명령에 따라 움직였던 시
절로

내 입을, 당신의 두 입술 사이에 에워싸였던 시절로 되돌리겠
습니다

그러니 당신도 평화협정에 따라

나의 살갗 아래서 풍기던 당신의 냄새를 거두어 가세요

2

당신이 원하는 조항을 써넣으세요…

당신이 제안하는 조건들을 써넣으세요…
난 그 어떤 것에도 서명하겠습니다
당신이 만족하는 그 어떤 계약에도 서명하겠습니다
난 그 계약서를 가지고 당신의 기억 속에서
영원히 사라지겠습니다
당신도 그 계약서를 가지고 내 삶에서…
영원히 사라져 주세요…

3

여기 와서 경험해 보세요… 비록 단 하루만이라도
이 황당한 게임을
전화로 내가 아무 의미도 없는 한 남자를 요청하면…
당신은 아무 의미도 없는 한 여자의 번호를 누릅니다
이해하세요…
당신이 여행을 떠날 때 당신을 배웅하지 않아도
당신이 돌아왔을 때 뛸 듯이 기뻐하지 않아도
이해하세요…
당신이 아플 때 근심 걱정하지 않아도
당신이 슬플 때 내가 친구가 되어 주지 않아도
내가 당신과 맺은 평화협정으로
나는 당신을 두려워할 이유가 없으니까요…

4

쓰세요…

당신 두 손으로 당신을 암살하는 살인면허증을 쓰세요

난 내 두 손으로 나를 암살하는 살인면허증을 쓰겠습니다…

이리 오세요… 나와 함께 멍청한 짓을 해보죠

내가 세상을 향해 소리치겠습니다

진정 나는 당신을 사랑하지 않노라고

이리 오세요… 나와 함께 시도해 봅시다

어떻게 하면 자살에 성공할 수 있는지….

커피

1

우연히 내가 당신을 발견했습니다…

당신은 검고 쓴 커피를 마시고 있었습니다…

마치 당신의 그 검은 두 눈의 눈물로 만든 커피처럼…

당신은 그 두 눈으로 조간신문을 읽고 있었습니다

그래서 나는 카페로 들어갔습니다

당신이 나를 마시기를 바라며…

나는 조간신문을 샀습니다

당신이 나를 읽어주기를 바라며…

2

우연히 나는 당신과 마주쳤습니다…

내가 호텔 정문을 막 나서려는 순간,
당신은 내 손가방에 매달린 거울에 숨어 있었죠…
난, 약속 장소를 기억할 수 없었습니다
난, 약속 시간을 기억할 수 없었습니다
내가 누구와 약속했는지도 기억할 수 없었습니다
마침내 당신과 함께 호텔에 남기로 결정했습니다…

3

우연히 나는 당신과 조우했습니다…
당신은 내 머리채에서 머리카락을 떼어내어
당신의 학교 가방 속에 숨겼습니다
나는 당신이 계속 장난질을 못하게 막았습니다…
당신은 장난을 멈추지 않았고…
당신이 더 이상 머리카락을 훔치지 못하도록
난 당신의 손등을 때렸습니다…
그래도 당신은 그만두지 않았습니다…
그래서 난 당신을 학교로 다시 보내려고 했습니다…
그러자 당신은 반항하고,
내 머리카락을 베개 삼아 계속 잠을 청했습니다.

상주常住

당신에게 내 도시를 여는 열쇠를 선물했습니다
그리고 당신을 내 도시의 관리자로 임명했습니다
다른 고문단원은 단 한 명도 남기지 않고 추방했습니다
나는 손목에서 두려움의 팔찌를 뺐습니다…
부족 간의 보복에 대한 두려움의 팔찌를 뺐습니다…

나는 비애의 실로 짠 옷을 입었습니다
나는 당신의 눈빛으로 머리카락을 검게 염색했습니다
나는 내 머리카락에 오렌지 꽃을 경작했습니다
당신이 언젠가 나에게 선물했던 바로 그 꽃을…
나는 왕좌에 앉아 기다리고 있었습니다…
그리고 당신의 가슴 속에 있는 도시에
상주할 것을 간청했습니다…

당신의 향수가 내 기억을 스쳐 지나갑니다

마치 무쇠로 만든 칼처럼

향수는 벽과… 담벼락을 지나

나에게 침투합니다…

향수는 시간의 단편들을 흩어 놓고

나 또한 공기 중에 흩어 놓습니다…

당신은 내가 맨발로 유리 조각 위를 밟고 지나도록 내버려 둡
니다

그리고 당신은 홀연히 사라집니다….

광인들의 정신

1

그들은 역사에 대해 말합니다
로마에 대해…
아테네에 대해…
플로렌스에 대해…
밤이 되면 사원의 돔이 울기 시작하는 코르도바에 대해
아랍인들의 눈물이 흐르는…

그들은 7대 불가사의에 대해 이야기합니다
당신이 나의 불가사의라는 사실을 잊은 채
그들은 황금시대의 '칼리파 마으문'*에 대해 이야기합니다

_____

* 압바스조시대(750-1258)의 최고 지도자로서 아랍 역사상 최대 번영기를 이끌었다.

당신이 살고 있는 이 시대가 바로 황금시대라는 사실을
까맣게 잊은 채…
내 자유를 꽁꽁 묶는 자
바로 당신임을 잊은 채…

2

그들은 고서에 기록된
영웅들에 대해
유명한 연인들에 대해
위대한 미술가들에 대해
음악가들에 대해
저명한 시인들에 대해
탐험가들에 대해, 발명가들에 대해 이야기하지만
당신에 대해 이야기하는 사람은 아무도 없습니다
당신은 나보다 먼저 나의 여성다움(연약함)을 찾아냈고
빛과 시詩가 창조되기 이전에
당신은 이미 나를 창조했습니다

당신의 기적에 대해 알고 있는 사람은 단 한 명도 없습니다…
당신은 순식간에 나를 변장시켰습니다
태양의 단편으로

그리고 금 조각으로…

3

그들은 사랑에 미친 자들과

사랑의 노예가 된 사람들에 대해 수없이 이야기합니다

그들은 연인의 머리 댕기로 자살하여

비애의 숲으로 들어가 다시는 돌아오지 않고

그들 모두가 전멸할 때까지 오직 여자를 위해 서로 싸웠던

어릿광대들에 대해 이야기합니다

그들은 우주를 수백만 번 돌았습니다.

그들의 발에 불이 붙을 정도로…

나는 종종 사랑에 미친 자들에 대해 읽었습니다

시인 '까이스 븐 물라와흐'에 대해

시인 '디크 잔느 알 훔시'에 대해

그리고 '반 고흐'에 대해

하지만 난 당신보다 이성적인 광인도,

당신보다 미친 지성인도 본 적 없습니다

4

나는 사랑을 지키기 위해
권좌를 포기했던 왕들에 대해 읽었습니다
애틋한 사랑이란 무엇인지 나에게 가르쳐 주었던 사람이여…
나를 왈라*대학교에 입학시켜 주세요…
당신의 권좌를 절대 포기하지 마세요

5

나는 사랑의 사전들을 모조리 읽었습니다
연인들이 교환했던 편지들도…
나는 사랑의 송시도 모두 읽었습니다

그러나 나는 지금 이 순간까지 이해하지 못합니다
우리의 소원과 염원을 담아냈던 소설을…
우리의 삶을 묘사한 시를…
우리가 서로 연인임을 표현했던 언어를
난 발견하지 못했습니다… 나의 연인이여…
내가 들렸던 모든 서점에서…
내가 읽었던 모든 책 속에서

---

* '왈라'의 단어적 의미는 '충성', '충실', '우정', '친선', '우의' 등이다.

당신이 나에게 말할 수 있는 단어를…

당신이 나에게 말할 수 있는 명사를…

당신은 언어의 유리 조각에 상처를 입고 나를 버리고 떠났기에…

나는 당신에게 애원합니다…

나의 문화에서 당신의 두 손을 뗄 것을….

5시의 티타임

1

5시에 당신과 함께 차를 마시는 것은
내 이마에 이미 쓰여진 나의 운명입니다
당신이 있는 곳이 어디든 티타임은 운명처럼 진행되고
영국에서든… 말레이시아에서든
미국에서든… 카리브 연안에서든
땅에서든… 하늘에서든
이 세상에서든…
아니면 내가 혼자 있을 때
노트에 그려놓은 가상의 세계에서든…

2

흔히 영국 여성들이 가진 콤플렉스가 나에게는 없습니다

왜냐하면 나는 뼛속까지 걸프 여자이니까요

나는 당신을 사랑합니다… 뼛속 깊이

그러나 5시의 티타임은

당신과 나 사이에 일종의 전통이 되었습니다

내가 당신으로부터 얻은

나를 너무 행복하게 만들어 주었던

나를 너무 달콤하게 만들어 주었던

수천 가지의 습관 중

하나가 되었습니다

그 습관이 나를…

그 습관이 나를 아주 행복하게 해 주었고

그 습관이 나를 아주 즐겁게 해 주었습니다

그리고 그 습관이 나를

수유 시간이 될 때마다 울먹이는 아기처럼 만들었습니다

3

5시의 티타임은

나의 갈비뼈를 때리는 종이 되었습니다

내가 매일 숭배하는 우상이 되었습니다

나에게 우상이란 당신밖에 없고,
나에게 신전이란 당신의 가슴밖에 없습니다

4

5시의 티타임은
치료를 위해 내가 섭취하는 약이 되었습니다
아니 죽기 위해…
내가 섭취하는 약이 되었습니다…

5

5시의 티타임은
나의 호사… 동시에 나의 저주
나의 미소… 동시에 나의 눈물
나의 오아시스… 하지만 그것은 나의 고난으로 채워진 함정
5시의 티타임은, 내가 피 흘리는 십자가가 되었습니다
내 등을 때리는 채찍이 되었습니다
2인용 탁자를 앞에 두고 의자에 앉을 때마다…
나는 두 잔의 차를 주문했습니다
한 잔은 나를 위해…
다른 한 잔은 언제 올지 모르는 남자를 위해….

쿠웨이트 여자

1

나의 벗*이여

쿠웨이트 여자들은 바다의 기질을 타고났습니다, 조심하세요

(바다에 뛰어들기 전에) 나의 기질을…

나의 벗이여

나의 침묵이 당신을 현혹하지 않기를…

나의 가면 뒤에서는 회오리바람이 몰아칠 수도 있습니다…

나는 마치 작은 호수처럼 잔잔하지만,

나는 마치 화마火魔처럼… 무섭게

---

* 나의 벗은 곧 작가의 조국 '쿠웨이트'를 의인화한 것이다. 대부분의 아랍국가는 여성
  명사로 취급하지만, 쿠웨이트는 남성명사로 취급한다. 나의 벗이라는 표현에서 여자
  친구가 아닌 남자친구를 사용한 점이 이를 암시한다. 따라서 이 시는 쿠웨이트 여성들
  이 조국 쿠웨이트를 얼마나 열렬히 사랑하는지 우회적으로 표현하고 있다.

활활 타오릅니다…

2

나의 벗이여

한낱 오일달러가 나를 오염시키지도,

나의 신심信心을 흔들지도 않았습니다

당신이 나의 영혼을 검열한다면

내 몸 구석구석에서

검은 진주를 발견할 것입니다…

나의 친구여

뼛속 깊이 사랑하는 자여

나의 주변 모든 것이…

파도에 휩쓸리니

당신이 나의 돛이 되어 주소서…

3

나의 벗이여

쿠웨이트 여자는,

(당신이 쿠웨이트 여자를 면밀히 살펴본다면)

애절한 사랑으로 채워진 강입니다…

쿠웨이트 여자는, 코홀*색처럼 시커먼 회오리바람입니다.
(알라께서 향긋한 코홀빛 장대비로부터 당신을 지켜주시기를)
쿠웨이트 여자는, 당신을 진실로 사랑합니다…
당신은 나에 대해 조금이라도 아는 게 있습니까?
나는, 화를 낼 땐 불 붙은 성냥개비가 되고,
기뻐 노래할 땐 비단실이 됩니다

4

나의 벗이여
쿠웨이트 여자는, 항상 침묵 속에 살아갑니다
언제 당신이 나의 마음속 이야기를 읽을 수 있을까요?
내 마음의 나무 그늘 아래에 반듯이 누워 보세요
그리고 나의 향기에 취해 보세요…
당신의 대지 위에 나는 나의 뿌리를 내렸고
당신의 가슴 위에
나의 뿌리가 뻗어 나갑니다…

---

* 아랍 여성들이 눈두덩에 검게 칠하는 화장품으로 '마스카라mascara'와 유사하다.

5

나의 벗이여

쿠웨이트 여자는, 매일 밤 교량橋梁처럼 머리카락을 풀어 헤칩
니다

그러니 나를 보호할 경호원도,

군인도,

장막도 필요 없습니다…

쿠웨이트 여자는, 사막의 모래바람에 진저리가 났습니다…

그래서 과수원의 그늘을,

분수대 물의 율동을,

새의 지저귐을 동경했습니다…

쿠웨이트 여자는…

저 치열하고 처절했던 역사적 전투에서도 생존했습니다

나의 조국 쿠웨이트여, 당신이 나의 보호자라 말할 수 있습니까?

쿠웨이트 여자는…

왕자시여, 당신을 나의 왕자로 공손히 받드오니…

부디 시대의 사명을 실천하시옵소서

쿠웨이트 여자의 운명적 사명을 인정하시옵소서

6

나의 벗이여

나는 팔색조마냥 수천의 색깔을 가지고 있습니다

때론 장대비가 되고,

때론 번개가 되고,

때론 샘물의 노랫소리가 되고,

때론 '알 바라리'의 박하가 되고,

때론 오아시스에 홀로 서 있는 대추야자수가 되고,

때론 '라바바'*의 눈물이 되고,

또 때론 사막의 슬픔이 됩니다

나의 벗이여

환하게 빛을 비추는 등대와 같이 나의 길을 안내하는 자여…

내 목숨을 끊는 순간까지 내가 추종하는 자여

무엇이 나의 마지막 소원인지 아시나요?

언젠가 당신이 나의 귀걸이가 되어 주기를…

아니면 나의 목걸이가 되어 주기를…

---

* 외줄로 구성된 아랍 전통 현악기.

7

나의 벗이여

나는 백만 명 중에서 오로지 당신만을 선택했습니다

그러니 나를 축복해 주소서… 나의 올바른 선택을….

나는 아랍해의 물로 자란
야자수

1

나는 쿠웨이트 여자입니다
이 고요한 고운 모래 해변의 여자입니다
마치 아름다운 영양처럼
내 눈 속에서
밤의 별들과 야자수 나무들이 서로 조우합니다
바로 이 곳에서⋯ 나의 선조는 바다에 뛰어들었고,
고생 끝에 진주를 채집했습니다⋯

2

나는 쿠웨이트 여자입니다
바다의 진주와 함께 성장했고,

별과 조가비처럼 빛났습니다

아… 바다는 내게 얼마나 관대하고 인자했던지

하지만 석유가 돌로 쳐 죽일 사탄의 얼굴을 하고 나타났습니다

그러자 우리는 남녀노소 할 것 없이 그 놈의 다리를 베개 삼아

반듯이 누웠습니다

우리는 밤낮으로 그를 경배했습니다

우리는 사막과… 용맹과… 커피

미흐바즈*와… 고전 아랍시를 잊었습니다

우리는 유희에 빠져들었습니다…

우리는 찬란한 우리의 과거를 깡그리 뭉갰습니다…

우리의 숭고한 역사를… 위대한 문명을…

3

나는 쿠웨이트 여자입니다

태양이 곧 나의 방입니다…

나의 하늘에 아침이 오면

나의 아이들이 파도를 일으키고… 바다를 만들고…

바람으로 연주를 합니다

그들은 죽음을 두려워하지 않습니다… 그들의 바람대로

―――――――――

* 아랍인들이 즐겨 하는 공놀이의 일종.

수말은 쉬지 않고…
칼은 칼집에서 잠들지 않습니다…
그러나 석유의 저주가 우리를 엄습했고,
사람들을 부패와 타락의 구릉으로 밀어 넣었습니다

정원은 유희의 침상이 되고
그리고 외국 여자들…
우리의 밤거리를 향수로 물들입니다
돈 뭉치가 그들의 발 위로 던져지고…
전리품은 그들의 몸 위로 차곡차곡 쌓입니다
이리하여, 나의 조국 쿠웨이트여…
투쟁의 깃발이 올려집니다!!
이리하여, 칼이 울분을 삼킵니다
이리하여, 내 아버지의 절망에, 무기들이 울분을 삼킵니다…

4

나의 조국 쿠웨이트… 나는 더 이상 조국을 이해할 수 없습니다
내 조국이 전통시장의 저잣거리인가요?
내 조국이 잔고 없는 깡통계좌인가요?
내 조국이 도박장인가요?
아니면 바다 위를 유랑하는 소나기 구름인가요?

아니면 중천에 마피아들에게 도륙 당하는
쿠웨이트 사람인가요?
아비규환의 전쟁에 참가하고
고통스러운 전쟁이 끝난 후
기사도 정신을 이어받지 않은 아이를 임신했던
나의 조국이여, 나의 땅이여, 분노하시오

5

분노하시오…
오랜 시간 금 침대 위에
잠을 청했던 나의 조국이여 나의 땅이여
분노하시오…
석유를 마시고…
땔감 위에 옥좌(왕위)를 세운 나의 조국이여 나의 땅이여
분노하시오…
돈에 취해…
거만함에 눈이 멀었던 나의 조국이여, 나의 땅이여,
나는 석유가 행운이라고 말하고 싶지 않습니다…

나는 불을 숭배하지 않습니다…
나는 우리 아이들을 화마의 먹이로 던지지 않습니다

나의 조국 쿠웨이트여

돈과… 주식의 늪에서… 빠져 나오세요

그리고 아랍연합군에 편입하세요…

레바논에서는 아이들이 죽어가고 있습니다

아랍의 명예가 유린되고 있습니다…

나의 조국, 나의 땅이여, 분노하세요

분노만이 우리 땅을 제대로 경작할 수 있습니다…

6

내가 '살라딘'*을 꿈꿀 때마다…

그는 예루살렘에서 빵 조각을 구걸하여,

아랍 군대의 성문 앞에 던져줍니다

내가 그를 목격할 때마다

떠돌아 다니며, 사막에서 따이부족의 구역과

타밈 부족, 그리고 구자야 부족의 구역을 수소문합니다…**

내가 그를 경찰서에서 목격할 때마다,

갈기갈기 찢긴 가슴으로 외쳤습니다

아랍의 황금기 압바시야 시대여

---

* 십자군전쟁 때 아랍군대의 장수이자 영웅.
** 따이와 타밈, 구자야는 모두 아랍의 대표적인 부족 이름들이다.

무력만이 정체성 신분을 발하던 시대가 아니었던가…

7
나는 쿠웨이트 여자입니다
내가 오늘날 아랍인들을 생각할 때마다, 눈물을 참지 못합니다…
내가 사도 무함마드의 사후에
쿠라이시 부족*의 오늘날 상황을 생각할 때마다
목 놓아 웁니다…
내가 비애의 늪에 빠진
나의 조국을 생각할 때마다… 나는 목 놓아 웁니다
내가 과거의 쿠웨이트 영토와
현재의 쿠웨이트 영토를 볼 때마다…
나는 목 놓아 웁니다…

나는 로마의 참새와 파리의 참새가…
평화롭게 노닐며
지저귀는 장면을 볼 때마다…
나는 목 놓아 웁니다

---

* 이슬람의 창시자 무함마드의 출신 부족.

나는 아랍 아이가

방송 TV 프로그램에서 증오를 흡입하는 장면을 볼 때마다

나는 목 놓아 웁니다…

나는 아랍 군인이

민중을 향해 총탄을 뿜는 장면을 볼 때마다…

나는 목 놓아 웁니다

나는 통치자가 그의 국민을 얼마나 사랑하는지 말할 때마다

의회를 얼마나 존중하고… 언론의 자유를 위해 헌신하는지 연설할 때마다…

나는 목 놓아 웁니다

한 아랍 국가의 경찰서에서, 현지 경찰이 내 여권을 빤히 쳐다보며 국적을 따져 물을 때마다…

나는 방문지에서 돌아왔습니다…

8

나는 쿠웨이트 여자입니다

목마처럼… 완전히 메말라 굳어버릴 수 있을까요?

차디찬 목석이 될 수 있을까요…

목마처럼

내가 아랍인이라는 사실을 지울 수 있을까요?

내 몸이 아랍해의 물을 먹고 자란 야자수라는 사실을

나는 내 몸의 스케치북 위에 그림을 그립니다
나의 모든 과오를, 나의 모든 비애를
그리고 아랍인 모두의 꿈을…

나는 영원히 기다릴 것입니다
마흐디(구세주)의 강림을
나는 참새가 노래하는 것을 보고 있습니다…
달과…
비의 찬가를…
나는 영원히 찾을 것입니다…
버드나무를… 별을…
신기루 뒤편의 천국을…
나는 영원히 장미꽃을 기다릴 것입니다
폐허 속에서 피어나는 장미꽃을….

나세르의 여자에서…
가말 압둘 나세르*의 여자로…

우리는 역사책에서 그에 대해 읽으며 성장했습니다

우리는 일몰 직전의 태양처럼 청춘을 불태우며 기병이 되었습니다

그는 전설 속의 거대한 독수리처럼

두 날개 위에 우리를 싣고, 안전한 해변가로 데려다 줍니다

그는 그와 우리 사이에 떨어진 거리만큼 위대했고,

봉화처럼 빛났고,

예언처럼 신선했고,

수도사처럼 깊은 목소리를 가졌습니다

그의 두 눈은 항상 번개가 치듯 이글거리고 있어서

---

* 1956년부터 1970년까지 이집트를 통치한 제2대 이집트 대통령.

불과 불이 서로 만난 듯 했습니다

2

우리에게 그는 태양이었습니다…
온누리에 빠짐없이 그 찬란한 빛을 발하는
우리에게 그는 산이었습니다… 단단한 화강암으로 된
그래서 그는 굴욕과 모욕에서 우리를 구합니다

만약 우리가 이름을 잊어 버리면…
우리는 그의 이름을 도용합니다…
만약 우리가 아버지를 잃어 버리면…
우리는 모두 그를 이렇게 부릅니다, '아버지'라고
그는 우리를 노예 신분에서 해방시켰고
그는 우리를 공포에서 구했습니다
그리고 그는
우리 내면에 있던 인간성을 잠 깨웠습니다…

3

그는 우리 역사에서 가장 위대한 인물이었습니다
그는 우리 사막에서 가장 곧게 뻗은 야자수였습니다

그는 우리의 속눈썹에 쓰여 있는 꿈이었습니다
그는 우리 입술에 번개처럼 나타난 송시였습니다…
그는 우리를 데리고… 우리 대지 위를 날았습니다
세상의 이 모든 장애물과
쇠락한 아랍 왕국들과
이 우스꽝스럽고, 몸에 맞지 않는,
색 바랜 누더기 옷들을
비아냥거리며 하늘로 날아 올랐습니다…

4

그는 우리의 상상 속 인물이었고…
우리는 그의 상상 속 인물들이었습니다
그는 우리와 동일한 시각으로 역사를 바라보았고
우리는 그와 동일한 시각으로 미래를 바라보았습니다
우리는 얼굴을 들어
그의 얼굴에서 자족감을 찾고,
우리는 주먹을 불끈 쥐어
그의 주먹에서 힘을 구합니다
그리고 우리의 아이들은 그의 혁명의 젖을 먹고 자랐습니다
그는 우리의 힘이었고,
그는 우리의 파란 불꽃이었고,

바람이고, 폭풍이고, 소용돌이였습니다

5
그는 우리가 꿈꾸는 마흐디(구세주)였습니다
그는 외투 속에 비를 가득 숨겨놓고 있었고
그가 피리를 불 때면…
나무들이 그를 뒤따랐습니다
그는 이마에 이삭과 밀을 숨겨 두었습니다…
그는 낭랑한 목소리 속에 '아잔'*을 숨겨 두었습니다
그는 이삭들을 재배할 수도
아랍 부족들을 한자리에 모을 수도
용맹한 기사도를 선동할 수도
그리고 모든 왕족의 재산을 '아드난'** 가문에게 되돌릴 수도
있습니다…

---

* 이슬람에서 이슬람 사원의 높은 첨탑에 올라 기도 시간을 알려주는 행위 또는 그 문구
를 지칭하며, 아잔을 행하는 자를 '무앗진'이라고 한다.
** '바니 아드난'은 '아드난의 자손들'이란 의미이다. 아드난은 예언자 아브라함과 이스
마엘의 자손으로서 곧 이슬람의 창시자 무함마드의 조상이다. 여기서 '바니 아드난'
은 사도 무함마드와 그의 직계 자손을 지칭한다.

6

그는 우리의 항해에서 길을 가리키는 별이었습니다

그는 우리의 전통에서 녹색 문장이었습니다

그는 우리의 믿음에서 구세주였습니다

그는 우리에게 세례를 주었고,

그는 우리를 하나 되게 하였고,

그는 우리를 교육했습니다

간수가 민중들을 감옥에 가둘 것이나

민중은 배가 고파지면,

쇠창살을 먹을 것임을…

7

저 세상 사람이 된 나세르여… 당신 없는 세상은 고통입니다

우리가 당신에게 손을 뻗습니다…

서리와 안개가 우리를 둘러쌀 때…

우리가 밤중에 당신의 두 눈을 찾습니다…

그러면 우리는 공포와 신기루만이 만져집니다

위대한 나세르여…

당신은 어디에 있습니까… 어디에…

당신의 사후에는 시가 사라지고, 산문이 사라지고, 생각이 사라지고, 책이 사라졌습니다

당신의 사후에는 칼이 칼집에서 잠을 자고 있습니다
아니 파리만 잡고 있습니다…

8

위대한 나세르여…
당신은 망명지에서 조국의 소식을 듣고 있습니까?
일부는 유린당하고…
일부는 노예로 팔려가고…
일부는 잘려지고…
일부는 수선되고…
일부는 훈련되고…
일부는 걸러지고…
일부는 정복당하고…
일부는 타협하고…
일부는 항복하고…
그리고 일부는 천정도 없고… 문도 없습니다

위대한 나세르여,
아랍 유목민들에 대해 왜 질문하지 않으십니까
그들은 중상모략에 뛰어나고
협상을 성공적으로 이끌어가고

민중들을 무력으로 포위하기 때문인가요
위대한 나세르여
당신이 허락하신다면… 이 패망의 시대에
내가 말하고 싶은 말을 하겠습니다….

바다에 핀
한 송이 장미

1

쿠웨이트, 쿠웨이트
시간이 유영하는 항구
사랑의 오아시스, 안전지대
위대한 국민
자비로운 주님
그리고 젊은이들이 울타리를 쳐 지키는 땅

2

쿠웨이트, 쿠웨이트
거울처럼 반들반들한 해변
매일 아침 우리에게

수천의 선물을 나눠주는 바다
내 아버지의 홍차와
내 어머니의 미소
나의 지갑과, 곱게 딴 내 머리카락
등교 직전에 마시는 우유
내 첫사랑을 기록한 일기
폭풍처럼 나를 불사릅니다

3
쿠웨이트, 쿠웨이트
나는 너에게서…
(내가 있는 곳에서) 내 가슴으로 베일을 벗겨낼 것입니다
나는 너에게서…
내 머리카락으로 장미꽃을 거둬낼 것입니다
나는 내 마음속 깊이 새겨진 문신을 지울 것입니다
마지막 날까지…
마지막 날까지…
내 생애 마지막 날까지…

4

쿠웨이트, 쿠웨이트

바로 여기서… 신밧드의 모험이 시작되었습니다

바로 여기서… 바다 꽃이 만개했습니다

'마지드'의 자손이

별을 따기 시작했고… 야자열매를 수확하기 시작했습니다…

모험의 시기에 국가를 건설했고…

바로 여기서 시와 야자수를 물로 세정했습니다

바로 이 아랍해로…

그러자 '라밥'이 우리가 정한 약속 장소로 왔습니다…

5

쿠웨이트, 쿠웨이트

나는 당신을 사랑합니다… 세상 만인에게 빛을 비추는 태양
같은 존재인 당신을…

나는 당신을 사랑합니다… 대지와 같은 존재인 당신을…

굶주린 자들에게 밀알을 나누어 주고…

시름에 잠긴 사람들과는 걱정을 나누고

열혈 혁명가들과는 상처를 나누는 당신을…

6

쿠웨이트, 쿠웨이트
당신은 표현의 자유를 허용하였습니다
당신은 사랑으로 자손을 키웠습니다
당신은 아랍주의의 싹을 틔웠습니다… 이미 오래 전부터…
쿠웨이트여, 과거에 그랬듯이
곧게 뻗은 야자수처럼…
하늘에 빛나는 별처럼 우리 가슴에 남아 있기를…
길을 잃은 목자의 불빛이 되어 주시고
고단한 방랑자의 베개가 되어 주시고
또한 어머니가 그러하듯
두 팔로 꼭 안아 주세요…

7

쿠웨이트, 쿠웨이트
나는 당신의 순수한 미소와
당신의 환한 웃음을 사랑합니다
나는 당신의 고단한 침묵과
당신의 우수에 젖은 눈을 사랑합니다
머나먼 타지에 있을 때면
나는 당신의 강과 산을 그리워합니다

전쟁으로 폐허가 되어도
나는 당신을 사랑합니다
하늘에 천둥 번개가 쳐도
나는 당신을 사랑합니다
지금보다 더 큰 위험이 닥치면 당신은 얼마나 더 사랑스러워
질까요?

8

쿠웨이트, 쿠웨이트
아랍세계가 '말'할 권리를 박탈했습니다
그뿐만이 아닙니다…
저 아름다운 새, 비둘기의 소탕을 명했습니다
우리는 '말'할 권리만을 주창하는 철새
우리는 교육받은 철새…
만약 우리의 머리를 검열하고, 우리의 몸을 구속하면
우리는 전사戰士의 '말'로 시를 지어…
압제 정권을 모조리 패퇴시킬 것입니다
나의 조국 쿠웨이트여,
예전처럼 철새들의 도래지가 되어 주기를,
시인들과 가수들의 안식처가 되어 주기를
그것이 곧 나의 바람이요 행복입니다…

나의 조국 쿠웨이트여, 순교자들의 무덤이 되어 주기를
아랍의 대의를 건 전쟁의 전사자들의 안식처가 되어 주기를
그것이 곧 나의 바람이요 행복입니다…
나의 조국 쿠웨이트여,
어둠을 깨고 희망찬 아침이 밝아오고, 성난 파도가 몰아치는
경이로운 자유의 섬이 되어 주기를
그것이 곧 나의 바람이요 행복입니다
나의 조국 쿠웨이트여,
신선한 바람이 드나들 수 있는 창문이 되어 주기를
그것이 곧 나의 바람이요 행복입니다
그러나 과학의 시대가 우리에게서
하늘을, 가방을, 여행을 송두리째 앗아갔습니다
그리고 우리를 달빛 아래 감옥으로 처넣었습니다.

칼이 목에 닿았다

1

칼이 목에 닿았습니다…

우리의 시인들은 여전히 시작詩作에 몰두했습니다

칼이 뼈까지 닿았습니다

우리의 시인들은 여전히 거짓말을 했습니다

지면 위에… 그들이 하지 않은 일을 증언했습니다

'미르바드'*에서 우리는 무엇을 하나요?

지평선 위로 태양은 핏빛 광선을 흩뿌리지만,

우리는 의자가 분개할 정도로 제자리를 지키고 꿈쩍하지 않았

습니다…

---

* 이라크 최남단에 위치한 도시 바스라 소재 전통 시장. 역사적으로 시인들과 문장가들
  이 이 시장에 모여 자신의 작품을 청중 앞에서 낭독하고, 평가 받았다.

과거에 우리는 농담과

잡담과…

여성들을 비방하느라… 정신 없었습니다

나에게 칼 한 자루를 주고…

나에게서 모든 시인들의 시집들을 가져 가시오

나에게 공정함을 주고…

나에게서 모든 선지자들의 가르침을 가져 가시오

나에게 빵을 주고…

하늘의 빵으로 나의 배를 채우시오

나에게 백성을 주고…

나에게서 모든 칼리파*들의 왕관을 가져 가시오…

우리는 '미르바드'에서 조석朝夕으로 무엇을 하는가?

어느 술집에서 가희歌姬들은 노래를 부를 것이며?

투숙객들은 어느 침대에서…잠들 것인가?

소위 조국이라 불리는 한 뼘의 땅을 주시오

거기에는 교수대가 없습니다…

소위 조국이라 불리는 한 뼘의 땅을 주시오

유배지와 감옥이 이 땅을 뒤덮지 아니합니다…

칼이 목에 닿았습니다…

---

* 이슬람의 창시자 무함마드를 뒤이어 이슬람제국을 통치했던 후계자들을 지칭한다.

우리의 시인들은 여전히 시를 썼습니다…

칼이 뼈까지 닿았습니다…
우리의 시인들은 여전히 거짓말을 했습니다
그리고 그들이 하지 않은 일을 증언했습니다

2
미르바드여…
주님의 권한으로
우리를.

3

내 아들,
너에게

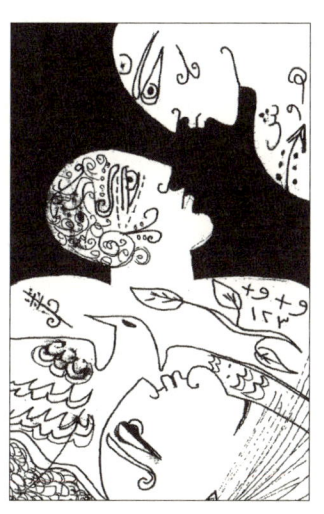

إليكَ يا ولدي

내 아들, 너에게

내 아들 너에게
나이는 어리지만 사나이었던 사람에게
부드럽고 섬세하고 진실했던 사람에게
이런 사람들이 드물었던 시절에
축복을 받았던 사람에게, 그에 대한 추억은 그렇게 계속되리라
내 아들에게… 그리고 엄마들에게
눈물로 얼룩진 그녀들에게… 나의 시를 바칩니다…

시작하며

기쁜 소식이여! 나의 펜이 입을 열었다, 속삭였다, 말했다…
절망에 무릎 꿇고, 잠들고, 위태로웠던 이후에
나는 펜이 죽었다고 생각했다, 그러나 침묵에 덮여 있었다
2년 만에 나지막하게 울리는 슬픔으로 나타났다

기쁜 소식이여, 내 삶의 지평에 희망이 돌아왔다
2년 만에 내 영혼이 도취되고 내 꿈은 노래한다
오늘 나는 가장 뜨거운 입맞춤을 퍼붓는다
시인의 펜은 멈춤을 모른다
나의 펜은 근심을 잠재우는 진통제이며 통한을 감싸주는 붕대
이다
나의 슬픈 펜에서 생기와 희망이 부활한다
나의 어휘들은 사랑과 그리움에서 나온 타액이요

나의 글자들은 명백한 진리의 모습을 담은 눈빛이다

나의 시, 사랑하는 아들의 영혼을 위해 읊으리라

나의 가족을 위해, 내가 사랑하는 이들을 위해, 잃어버린 진리
를 위해

아들 잃은 어미의 눈물로서 이야기하리라

나는 외롭습니다, 외로운 삶에서 시에 의지합니다…

나의 펜은, 그것은 나를 그리워했던, 나의 연인입니다

아, 그것을 손가락으로 사무치게 끌어안았습니다

잉크가 나의 손에서 즐겁게 운다고

알라의 자비 덕분에 글자와 더불어 노래한다고 여겼습니다

나의 펜, 나의 정신적 아들이여, 가장 귀한 선물이여

나의 펜, 영혼의 휴식이여, 천상의 순간이여

그대는 삶의 역경 속에서 여전히 고고하네

애달픈 추모로 상처를 감싸주네

나의 펜, 그대는 인생의 벗이라오, 소중한 친구여

친구가 필요했던 어느 곳에서나 가장 좋은 벗이었네

심장이 타오를 때마다 불을 꺼 주었네

파도가 나를 덮치면 구해 주었네…

그대는, 그대는 나의 언어 속에서 언덕을 달렸네

그대는 나의 고통과 나의 삶의 비밀을 알고 있는 사람이요

수도자와 같은, 좋은 길로 인도하는 사도와 같은 서약의 주인 이여!

넘치는 자비로 영혼을 적셔주는 천사여!

그대는 바로 나의 아들이요, 나의 동반자라오

나의 마음을 들어주는 나의 동료…

그대는 슬퍼하며 나의 고통을 덜어 주네

인생이 미소 짓는다면 나는 노래하리라 그리고 그대도 노래하 리라….

낙원의 약속

고난의 현세는 어둠 속을 헤매고

나도 헤매네… 나는 모른다네 언제 어디서 그것을 던져 버릴지?

고난을 이겨내기 위해 나의 믿음과 인내를 얼마나 쏟아부었

던가

그러나 현세에서 얻은 것은 슬픔 뿐이라네…

무바락*은 내가 믿었던 사랑의 현세였네

그리고 내가 살아가는 희망이었네, 내가 노래하는 꿈이었네

우리는 함께 꿈과 희망을 지켰다네

희망찬 미래를 위해 긍지를 갖고 열심히 살았네

그런데 어떻게… 운명이 나에게서 그것을 앗아갔나

---

* 남자이름, 시 속에 등장하는 아들의 이름.

현세와 내가 격돌하는 암흑 속으로 나를 밀어 넣는 운명
나는 갈 곳 없이 떠도는 망망대해의 파도와 같네
나의 아들이여, 현세의 나의 보물이여…
대답하라… 타오르는 불을 잠재우고 진화할 사람이 누구인지?
나의 나날들을 보는가, 낮보다 더 혹독한 밤들을 보는가?
매 분마다 고통을 겪는 것을… 매 초마다 타버리는 것을

즐거웠던 우리집에는 인적이 끊어졌네
슬픔을 파는 이들이 집안 구석구석을 돌아다녔네
샹들리에 불빛은 사람의 눈에서 사라졌네
꽃의 싱그러움이 그 수명을 다할 때까지
사랑스런 너의 사진 외엔 아무것도 남지 않았네… 나는 그것
을 어루만지네
영혼으로 품에 안네… 눈물로 적신다네
희망을 잃은 엄마의 찢어지는 심정 앞에서
어떤 탄식도 위로가 되지 못하고 어떤 인내도 치료가 되지 못
하네
세상의 기쁨은 사라지고 고통뿐이라네
삶이 끝나고 알라가 그 영혼을 부를 때까지
내세의 낙원에서 엄마를 부르는 자식의 목소리를 들을 때까
지….

그대들은 잊었는가?

그대들은 축복받은 신앙인을 잊었는가?
그는 현세가 축복했던 사람이네

그대들이 자고 있는 동안 그는 뜬눈으로 지새운다네
밤을 안전하게 지키기 위해

그의 마음속에는 부드러운 감성이 있었고,
사랑으로 반짝이는 빛이 있었네

천상의 손에 담긴 비와 같은 아량이 있었고,
자부심으로 빛나는 긍지가 있었네

그에겐 어린아이의 순수함이 있었고,

그의 모든 것은 선하고 순수하고 성실했다네

용감한 이들이여 위대한 사나이들이여
그대들은 어디에 있는가?

그대들은 그가 걸프 지역의 매falcon라는 것을 잊었는가?
빛나는 외모에, 향기를 뿜고 있음을

모든 책의 빛나는 페이지라는 것을
우뚝 솟아 위엄이 넘친다는 것을

그의 이름이 조국의 마음에 새겨져 있음을
적들의 위협에도 불구하고 영원히 남아 있을 것임을

그대들이 별이 되었다고 생각한다면
그는 그대들에게 구름 옷을 입히는 햇빛이라네

그가 권력을 원한다고 말하지 마시오
그는 권력보다 더 위에, 더 높은 곳에 있다오

모든 사람의 마음에 자리를 잡은 사람은
권력을 단지 코미디로 여긴다오!

죽음의 비행기에서

울다가 질식해 숨이 넘어가던 나의 아기가 내게 소리쳤다
아! 엄마, 나 좀 보세요… 엄마, 날 살려 주세요…
산소 튜브를 써서 날 살려 주세요
쉴 수 있게 두 팔로 안아 주세요… 안아 주세요…
가까이 오세요… 입맞춤해 주세요… 안아 주세요… 따뜻하게
해 주세요
나는 대동맥을 타고 퍼지는 전율을 느낀다

내 주머니에서 곡식 알을 꺼내 주세요, 내 오른손에 힘이 빠졌
어요
그걸 내 입에 넣어 주세요, 얼른 회복하고 싶어요…
내 가슴의 벨트를 풀어 주세요, 그건 갑갑하고 답답해요
견디기 어려울 만큼 지쳤어요, 도와 주세요… 도와 주세요

그렇게 외치고 나서, 병든 어린 새처럼 땅에 내동댕이쳐졌다
내 심장이 충격과 슬픔으로 그 아이 위에 던져졌다
나의 아들… 내 인생의 보물이여 내 삶의 꿈이여
내가 바라볼 때마다 나를 기쁘게 했던 청년이여
너의 고통이 차라리 나의 것이었다면
아! 내 신념을 흔들었던 죽음의 비행기에서
나는 기장에게 말했네 육지로 돌아가라고… 땅이 나를 묻어
버리도록…

내가 의사나 구조대원에게 호소하게 해 주세요
죽음으로부터 그를 구하고, 공포에서 나를 구하기 위해
나는 뜨거운 눈물의 바다에 빠져있네
나는 불길 속에서 외치고, 통곡 속에서 중얼거리네
정신이 혼미해지고, 슬픔이 나의 친구가 된 이후에
내 신심과 종교로 알라께 얼마나 간청했던가
그의 죽음을 막아달라고, 내 머리 위의 왕관이었던 그의 죽음을
그는 내 품에서 차분하게 고통을 다스리며
부드럽고 겸손한 마음으로 죽음을 맞이하네
세상이여… 내게 슬픔을 더해 주고 시험하시오
당신에게서 받고 싶었던 운명이 나에게 나타나지 않았소
내가 세웠던 견고한 요새가 무너진 후에
그는 내 미래에서 안전한 피난처였소

그는 나의 빛이었고, 위안이었소, 캄캄한 밤의 어둠 속에서
그는 나의 재산이었고 행운이었소… 삶의 꿈이었소….

배반

내가 그를 얼마나 배반했던가… 가엾은 내 마음
나의 손은 그에게서 나이프를 빼앗고
나는 그에게 불확실한 것을 말한다네
내일 생일 잔치가 있어서 집 단장을 한다고
내일… 29일
꽃다운 나이의 나의 아들이 나타난다고
그리고 13세가 된다고

마음은 말하네… 그만 배반하라고
생일은 작별인사 없이 지나가 버렸기 때문이라고
달콤하고 빛나는 희망은 사라졌기 때문이라고
마음에 한 줄기 빛도 남지 않았기 때문이라고
삶에 즐거움이 남지 않았기 때문이라고

남은 인생은 지치고 상실되었기 때문이라고
너의 입술 위에 머물던 미소는 어디 갔느냐?
너의 두 손 안에 있던 생일 선물은…
생일 꽃이 너에게 미소 짓네
생일 촛불이 정원을 장식하네
세상이 너의 두 눈에서 웃고 있네
무바락이 네 앞에서 웃고 있네

생일이 온다면 집을 장식할 텐데
과자와 꽃을 사올 텐데
불빛을 밝힐 텐데
현악기를 연주하며 밤을 지새울 텐데
그러나 정원의 봄은 끝났고
빛은 사라지고 불도 꺼져 버렸네….

혁명

나를 만나고 싶어 했던 사람에게 말하시오…
나를 보며 즐거운 노래를 불렀던 사람에게…
밤이 어찌 그토록 그를 변화시켰느냐고?
망각의 늪에서 그가 내 주위를 맴돌았네
세상의 일들은 그가 나를 잊어버리도록 했네
내가 그의 사랑이었던 이후에
심장을 녹인 방랑자요
때가 되기도 전에 봄을 끝내 버린 사람이여
당신은 나에게서 진리를 앗아간 사람이요
나의 존재에 어둠을 뿌린 사람이라오…

당신은 나를 시련의 굴레 속에 던져 넣었소
그 파도가 나를 흔들고 있소…

사랑의 그리움과 희망의 속삭임과
언덕의 봄과, 노래의 메아리는 어디로 갔소?
꽃들은 물을 머금고 있네
사랑이 그리움을 머금듯이
당신에게서 들려오는, 그러나 곧 사라져 버리는
영혼의 목소리에 내가 어찌 만족할 수 있겠소?
아니오 주여… 나는 속박을 끊을 것입니다
나는 간수에게 무릎 꿇지 않을 것입니다
사랑 이야기에 등을 돌리겠습니다
그리고 거대한 상실을 위해 노래하겠습니다.

하늘이시여
비를 내리소서

맞습니다…
비를 내리소서… 하늘이시여 비를 내리소서
그러면 밤에 겪는 우리의 슬픔이 똑같아지니까요
누군가를 잃은 후에 나는 계속 통곡하네…
내 인생 내내 그를 위해 울었네

맞습니다…
천둥 치게 하소서… 내가 그 메아리를 듣게 하소서
아, 슬프구나… 나는 희망을 잃었네
내 눈물은 마르지 않네
만남의 날 이전에는 결코 멈추지 않으리

맞습니다…

이곳의 모든 것을 부숴 버리소서
그가 없는 세상에서 모든 것은 한낱 먼지입니다
맞습니다 비를 내리소서… 내 슬픔을 녹여 주소서
나를 물방울로 내려 주소서
아마도 그의 무덤에 흘러내릴 것입니다

내가 원하는 만큼 나의 한숨에 물을 퍼부으소서
아마도 나는 황야에 떨어질 것입니다
거기서 배고픈 자를 살리고, 목마른 자에게 물을 줄 것입니다
맞습니다 비를 내리소서…
하늘이여 비를 내리소서
저는 희망과 의지를 잃었습니다
사랑하는 사람을 잃었습니다
가장 소중한 의미를 그리고 가장 사랑스런 선물을
맞습니다… 우주에 지진을 일으키소서… 내 마음에는
하늘의 부름에 응답하는 성난 지진이 일어납니다
슬픔이 나의 존재를 덮어 버렸습니다

나는 자아소멸의 품을 동경하게 되었습니다
삶이 싫고 삶과 관련된 것이 싫었습니다
우정도 싫고 친구들도 싫었습니다
사소한 것이 싫고 사소한 시비를 하는 사람들이 싫었습니다

지나치게 부정적인 사람이 싫고 성실하지 않은 사람이 싫었습
니다

내게 빗줄기를 내리소서… 나의 증오를 가라앉힐 수 있도록

증오를 품은 자들을 향한… 악한 자들을 향한 나의 증오를

내 마음속에서 그들의 자리를 지워버릴 것입니다

이 눈물의 광풍을 잠재울 것입니다

내 눈물 줄기가 알라께 예배 드립니다

알라의 빛 속에서 순수함으로 돌아갈 것입니다

주여, 아들을 잃은 어미의 아픔을 어루만져 주시겠지요

주님이 원하는 만큼 통한의 가시를 빼 주시겠지요.

그대를 매우 사랑합니다

그대를 매우, 강렬하게, 힘차게, 뜨겁게 사랑합니다…

내 정신의 영혼이여 사랑합니다… 그대의 이름으로 많은 노래를 부른다오

나의 사랑이여… 나를 찾아오겠다고 얼마나 많이 약속했나요?

그래서 나는 밝은 옷을 입고… 머리를 비단결처럼 찰랑거리고…

한낮을 태양으로 채우고… 밤에 보름달을 심고

시를 노래로 만들어 읊고… 주변에 향기를 부었소

당신과의 약속을 기다리는 내 마음은 거의 날아갈 것 같소

몇 초가 지나는 것이, 마치 영겁의 세월처럼 느껴진다오

나의 상상이 초라해지고, 나의 슬픔이 커질 때

나의 꿈은 신기루였고, 나의 환상은 몇 번이나 물거품이 되었
는지

당신은, 현실의 당신은, 내 마음을 산산이 부수었소

내 사랑이여, 내가 그리움과 열병으로 고통 받게 내버려둘 건
가요?

당신이 떠난 후에 나의 밤은 길어졌소, 예전의 나의 밤은 얼마
나 짧았던가?

미소를 지을 수 없다오, 예전의 나의 미소는 얼마나 싱그러웠
던가

여기서 나는 걱정과 고난과 통한의 잔을 마시고 있다오

나는 혼자서 숲에 간다오, 그러나 향기를 맡지 못한다오

태양은 우리를 향한 슬픔 때문에 자살하고, 운명을 애달파 한
다오

그리고 천천히 바다에 떨어져서, 온기와 빛으로 굳는다오

일몰은 내리막길이고, 홍조이지요

나의 기억은 나를 흔들어 대며 피난처를 찾고 있소

당신은 나를 산길로 데려간다오, 우리가 오래 걸었던 그 길로

당신은 나를 정원으로 데려간다오, 우리가 향수를 부었던 곳
으로

당신은 나를 안전한 곳에 숨긴다오, 우리가 지었던 궁궐로

당신의 손바닥은 행복하게, 사랑에 젖어, 즐겁게 내 손바닥의

품에 있소

그대는 아직도 내 마음속에 있소, 그대는 아직도 고귀하오

당신은 아직도 소중한 나의 꿈이요, 당신은 아직도 나의 왕자요

당신은 아직도 내 눈빛이요, 당신은 아직도 나의 위대한 사랑이오

당신은 나의 첫사랑이었소 당신은… 아직도 마지막 사랑이오.

4

당신의
마지막 집

بَيتُك الأخير

질문

당신의 소꿉친구들이 나에게 소식을 묻는다네
두 달이 지났는데 사랑스런 무바락이 나타나지 않는다고
내가 '여행 갔어' 라고 하면… 그들은… '언제까지 여행해요?'
라고 한다네
우리의 해변에 여름이 왔지만… 당신은 오지 않네…

젊은이들이여… 운명은 우리에게 그토록 잔인했다네
내 인생에서 가장 소중한 것을 그렇게 앗아가 버렸다네
달덩이처럼 아리따운 나의 연인을 그렇게 삼켜 버렸다네
내 마음에 그렇게 불을 지폈다네
내 하늘의 빛은 그렇게 가라앉아 스스로 목숨을 끊었다네…

내 젊은 시절을 꽃으로 장식했던 사람은 어디 있는가?

영롱한 진주처럼 고귀했던 사람은 어디 있는가?

그는 내가 본 사람 가운데 가장 멋진 이였네

그는 달콤한 열매를 맺는 사랑의 초원이었네

12살 아들의 삶에, 남성다움이 새겨졌네

나는 가장 향기로운 담장으로 그의 삶을 지켜주었지

지나간 세월은 다시 오지 않는다네

나의 아들아… 빗물처럼 흐르는 내 마음의 눈물을 보지 않았느냐?

내 뼈가 뒤틀리고, 내 희망의 가지가 부러진 것을 보지 않았느냐?

나는 희망을 송두리째 잃었나?

주여 자비를… 내 희망의 날은 언제 오나요?

남은 인생을 감당할 수 없게 되었네

내 마음을 벗삼네, 깊은 신심이 아니었다면 이미 불신자가 되었으리.

잔인한 사람이여

당신… 나의 밤을 한낮의 등불처럼 밝혔던 사람이여
당신… 내 인생의 사막에서 푸르른 나날이었던 사람이여
나의 근심을 잊지 마시오, 그것은 사라지지 않았다오
나의 눈물을 잊지 마시오, 그것은 물이며 불이라오
그곳에서 화산과 바다의 파도가 만난다오…
나는 나의 미소를 슬픔 위에 베일처럼 드리우리라…

세월이 나의 꿈을 짓밟은 후에
장미가 시들었고, 참새가 날아갔네
당신이 떠난 후에 낙원은 사막과 황무지가 되었고
잊지 말아요, 언어는 죽었소… 대화는 끝났소
쓰라린 나의 통한은 담장처럼 내 심장을 둘러쌌소
당신이 떠난 후에 나와 세월은 원수가 되었소

잔인한 사람이여… 내 마음을 뒤흔든 이여
당신을 향한 나의 마음은 순수하다오… 집이 그립다오
그것은 순결의 꽃이 피고, 고귀한 열매가 맺히는 정원이라오
그것은 만남을 기다리는 꿈을 심어준다오
내 영혼이여, 지금 서두르시오, 만남을 서두르시오
내 영혼이여, 지금 서두르시오, 내 품으로… 서두르시오.

그리움에서…
무바락, 당신에게

나의 형제여… 하루가 일 년 같군요

일어나세요… 그리고 밝은 미소로 나를 축하해 주세요

돌아오세요… 그리고 장난감이나 꽃이나 백합을 주세요

돌아오세요… 그리고 집 주변의 하늘에서 슬픔의 구름을 제거해 주세요

멜로디가 자취를 감췄어요, 당신이 오르간이었던 그 집에서…

나의 형제여… 어머니를 위해 희망을 갖고 돌아오세요

일어나세요… 때가 되기 전에 시들어 버린 꽃 한 송이를 볼 것입니다…

기쁨과 노래가 봄에 죽어 버렸어요…

세월의 파도가 그것을 슬픔의 가을에 빠뜨렸어요…

운명이 고운 희망을 둘러싼 후에…

나의 형제여… 내 생일이 우울할 뿐이네요
사랑스런 얼굴이여, 당신이 우리 곁에서 사라진 이후에
집에는 침묵, 그리고 뒤이은 통곡뿐이에요
이방인끼리 서로 달래고 있어요
아버지는 무슨 일이냐고 물으시고…
어머니는 대답하지 않아요…!

당신의 마지막 집

우리에겐 아름다운 집이 있었네
하람*에, 우리가 간절히 희망했던
무바락이 그의 신부와 함께 살
집이 되기를, 그러나 운명은
우리보다 더 가혹했네, 그의 마지막 침대는,
그 집에 묻혔네
그가 아끼던 그곳에

오렌지 나무들의 모습을 기억하는가?
언덕 사이 하람의 높은 담장 곁에 있는
너는 그 그늘 아래서 즐겁게 지냈었지

---

* 쿠웨이트의 지역명.

집에서 친구들과 더불어 놀았지, 그 중에는 '나왈'* 도 있었지?
내 아들이여 여기가… 그곳이네, 나의 세상에서 네가 멀리 떠나버린 곳
슬픈 달이 스러져갈 때에

내 아들이여 여기가… 그곳이네… 우리에게 가장 달콤한 이야기가 있던
너는 감미롭게 이루어질 희망을 늘 내게 말했었지
네가 어른이 될 때

너는 이 집에 살기를 원한다고… 언덕의 품에서
나는 너의 속삭임을 듣고, 자랑스러웠어
그리고 다가오는 세월 속에서 아름다운 모습을 보았어
내 아들은 다 자랐구나, 거의 어른이 되었어
그의 팔에는 신부가 있고… 아주 예쁜
아… 환상은 우리를 혼돈의 세상에 빠뜨렸군
물이 신기루라면… 해변이 실제 존재하지 않는다면
내 꿈이었던 집이
마지막 날까지 내 꿈의 무덤이 된다면…

---

* 아랍 여자의 이름.

사나운 모래로 덮이도록 그것을 지었단 말인가?
흐르는 눈물에 젖도록 그것을 세웠단 말인가?
이 집이 우리를 실망시키지 않았더라면….

만일

어머니가 나를 자힐리야 시대에 낳으셨더라면 좋았을 텐데…
여자 아기를 요람에서 죽이는* 부족 출신으로서
가냘픈 꽃을 지닌 엄마가 되기 전에,
아들 잃은 통한, 아픔, 시련을 맛보는 엄마가 되기 전에

어머니가 나를 낳는 순간에 죽이셨더라면 좋았을 텐데
나를 낳으셨네… 내가 고난을 겪도록 나를 낳으셨네…
어머니가 나를 잉태하지 않으셨다면 좋았을 텐데
고통이 나를 부숴 버리네, 재앙이 나를 잘게 부수네…
주님께서 내게 생명을 점지하실 때

---

* 이슬람 발흥 이전의 아랍지역에서는 기근과 잦은 전쟁 등의 이유로 여아가 태어나면
생매장을 하는 풍습이 있었다.

마음에 슬픔을 간직하는 인간으로 만들지 않으셨다면 좋았을
텐데
차라리 사막의 나비나, 황야의 들풀이나
어둠 속의 빛이나, 입술 위의 노래로 만드셨다면 좋았을 텐데

내 결혼식 날에… 내 결혼식 날에 죽었더라면 좋았을 텐데
내 눈이 뽑혔다면… 내 여정이 끝났다면 좋았을 텐데
세월이 내 마음 가장 깊숙한 곳의 열정을 앗아가고
나를 어두운 해변가에 홀로 내버리기 전에

우리가 삶에 영원한 생명을 불어 넣는다면 좋을 텐데
내가 바라볼 때마다… 내 옆에서 아들을 만날 수 있다면
그를 내 품에 안을 수 있다면… 내 손을 뻗을 때마다
나는 내 인생과 미래로부터 배반을 당하지 않을 텐데

나의 남은 인생이 더 연장되지 않으면 좋을 텐데
그러면 알라의 은총을 받아 가장 아름다운 길을 따라 걸으며
알라 앞에서 사랑하는 사람을 만나고
그의 두 눈의 매력에 속삭이고, 그의 향기를 맡을 텐데

인간이 처음부터 자신의 운명을 알면 좋을 텐데
그러면 충격적인 사건에도 놀라지 않을 텐데

인내의 힘이 그 상처를 이겨내고 지울 수 있을 텐데
요람에서부터 무덤까지의 사건들을 알고 있으면 좋을 텐데

소설의 커튼 뒤에서 무슨 일이 일어나는지 알고 있다면 얼마
나 좋을까
이야기의 주인공들에게 죽음이 엄습한 후에
죽음, 그 후의 소생, 부활, 시작…
이것들이 영생의 그늘에서 사랑하는 사람들을 모이게 하면 얼
마나 좋을까?

그렇다면… 그의 주여, 운명을 서두르소서
나를 고통에서 구원해 주소서… 선한 보호자시여
나의 주여, 내가 마지막 날로 향하는 일정을 당겨 주소서
부활의 날을 주소서, 어린 나의 사랑과 내가 만나게 하소서….

내 영혼에게 하는 말

내 영혼이여, 나의 쪽배가 빛을 향하여 나가도록 밀어 주시오,
안전한 육지로 데려다 주시오
　내가 겪었던 슬픈 밤과, 사나운 폭풍과, 어두운 시간을
　내려놓아 주시오…
　그대는 우주에 향기와 색채의 마법을 선사하는 초원과 같았
다오
　그대는 눈부시게 아름다운 나래로 지평을 물들이는 태양과 같
았다오
　그런데 잿더미와 폐허처럼 변했구려, 부엉이와 까마귀의 둥지
로 변했구려
　시들어 버린 꽃이 되었고 광채를 잃어가는 빛이 되었구려

　그리움은 밤의 통곡이 엮는 이야기입니다… 이슬은 눈꺼풀에

앉는 눈물입니다

아 영혼이여 내가 운명을 지배할 수 있다면, 내 존재의 그리움을 통제할 수 있다면

장엄함과, 인내로서 치장할 텐데, 망각의 행복을 만나기 위해…

그러나 나는 사랑으로 시름하며 내 존재에 대한 남은 의지를 상실했어요

인간의 뒤를 따라 걷는 그림자 같은, 인생 여정에서 고통을 겪었어요

사랑이여… 가여운 자들의 안식처여, 자비 중의 자비여

그대가 아니었다면 나는 알라의 빛을 보지 못했을 것이고, 신앙의 감미로움을 맛보지 못했을 것이고,

그대가 아니었다면 나는 산기슭으로 내려가서, 다시는 높은 곳에 오르지 못했을 것이오

나의 쪽배를 안전한 해변으로 데려다 주시오 상실의 고통을 잠재워 주시오

마음이 망각으로 회귀하며 만나게 될 약속을 내게 해 주시오….

나를 나무라지 마세요

내 사랑이여 나의 고통이 계속된다 하더라도

내 인생의 꽃이 어둠의 색깔을 입었다 하더라도 나를 나무라지 마세요

나는 부드럽고 자비로운 사랑을 갈망한답니다

그대의 품에 와락 달려 들었어요… 불타는 고통을 던져 버리며

누구에게 나의 고통을 호소해야 하는지요? 누구에게 매달려야 하는지요?

내겐 당신 밖에 없어요… 의지할 곳이

그대는 친척들 중에서 내게 사랑을 약속한 가장 가까운 사람이라오

내 근심 좀 받아 주세요, 내 실수를 받아 주세요

그대는 어머니요, 아버지요, 그대는 연인이요 후원자요

그대 내 심장의 고통이여… 그대 내 핏줄기여…

아 그대가 캄캄한 내 길의 고통을 알고 있으면 좋으련만

슬픔이 내 언어를 앗아간 상황에서 어찌 그 고통을 얘기할 수 있겠는가

내 말이 입에서 영영 사라져 버린 상황에서 어찌 그 고통을 표현할 수 있겠는가?

침묵이 내 언어를 삼켜서 내 목소리가 죽어 버렸네

세월은 범죄인이 휘두르는 폭력처럼 연약한 나를 공격했고

나의 밤에서 별빛을 거두어 가고 있어요

그리고 나를 어두운 밤의 세월에 던져 버렸어요

세월은 태양을 용암에서 뿜어 나온 불로 바꾸었어요

나의 이 운명은 심술궂은 아이처럼 나를 괴롭히는군요

사춘기가 지나자 범죄에 탐닉했어요

엄마 젖을 떼지 못하는 아기처럼 사악함과 타락에서 발을 떼지 못하는 자가 되었어요

지속적으로 거칠게 나에게 고통을 안겨 주고 있어요

나의 사랑이여 나를 어두운 나의 운명에서 구원해 주세요

나의 왕자여, 상실의 나락에서 나를 꺼내 주세요

삶의 새벽에 어찌 장례의 밤을 날 수 있나요?

나는 꽃다운 나이예요, 나의 새싹을 봐 주세요

나에게 인생의 기쁨을, 신비로운 마법의 기쁨을 약속해 주세요

내 젊음 속에서 활보하세요, 산들바람처럼
내 봄에… 빛을 발하세요, 곱고 친절하게
연인의 속삼임으로 노래하세요
슬픔의 흙에서, 가장 높은 곳으로 나를 들어 올리세요….

신앙

내 슬픔의 색깔과 내 눈물의 흐름을 잊지 마세요
그 누구도 아들 잃은 엄마의 통한을 나만큼 알지 못합니다
내 아들은 연인이었고, 희망이었고, 삶이었어요
내 아들은 아버지였고… 형제였고, 더 나아가 내 자신이었고
여왕들의 왕관처럼 내 머리 위에 씌워진 왕관이었어요

나의 호흡이었고, 생각이었고, 가장 달콤한 노래였어요
시처럼, 촉촉하게, 가장 부드러운 바람처럼
사랑스럽게, 자랑스럽게, 점잖은 눈빛을 가졌지요
내 아들은… 내 눈빛이었고, 단꿈이었고
내 존재의 기쁨이었고, 내 예배의 간구였고
이 모든 것이 한순간에 내게서 사라졌어요
이 모든 것이 나에게 추억만을 돌려줬어요

주인을 잃은 양은 울고 있고

장난감은 끊임없이 주인을 찾고 있고

책은 자기의 주인이 어디 있냐고 묻고 있어요

가장 아름다운 미소를 지은 예쁘고 또렷한 사진

아 나의 불에서, 나의 고통에서, 나의 연약함에서

재앙이 계속 일어났고, 내 발걸음은 힘을 잃었어요

내 삶의 빛이여, 모든 것이 캄캄할 뿐입니다

나는 어두운 집에서 과거를 되살리는 내 모습을 보고 있어요

나의 어린아이들은 고통으로 말을 잃었고, 당황한 눈빛을 하고 있다오

그들은 물었어요, 그들의 형제가 어디 있냐고… 그가 가버렸냐고? 그가 올 것이냐고?

내가 말했어요, 퉁퉁 부은 나의 눈에서 뜨겁게 녹고 있다고

그는 없다고… 구름 속에 있다고… 빛보다 위에 있다고

내 아들… 나의 저녁들이 어떻게 지나가는지 네가 알고 있다면 좋으련만

평평한 땅이 종이이고, 바다가 잉크 병이라면

리듬에 맞추어 우주를 슬픈 페이지로 채울 텐데

내 남은 인생에서 자비를 구하세요

그 중의 한 자비로움이, 죽는 날까지 나를 위로할 거에요
주님에 대한 내 신앙, 그것이 바로 구명조끼라오….

기도

나의 말은 인내처럼 쓰고, 눈물처럼 뜨겁다…
죽음의 손이 나의 가장 비싼 촛불 위에 엄습한 이후
시련의 맷돌이 내 갈비뼈를 계속 으깨고 있네
아… 내 사랑의 슬픔으로, 내 극한의 그리움으로
아… 내 고통의 비명으로, 내 사랑의 신음으로
쉬지 않고 나에게 고통을 주는 밤
짙은 어둠이 온 세상을 덮는구나

신이시여… 내 기도와, 내 복종과, 내 존경을 받아 주소서
그것은 당신께 바치는 제물입니다, 내 소원과 갈망으로
돌아오지 않는 길을 떠난 내 아들을 만나기 위한….

횃불을 들어 올리시오

나의 나라에서, 나의 선조들의 아름다운 터전에서

나는 세월의 흐름 속에서 사연을 간직했습니다⋯ 긴 비밀을⋯

내가 오늘 사랑하는 이들과 민족 앞에서 슬픔을 드러냈습니까?

아마도 나의 고백이 마음속에서 시름을 좀 덜어낼 수 있을 겁니다⋯

빛나는 별 중의 하나인 조국이여, 그대는 내게서 멀리 떨어져 있습니다

심연의 상처가 울고 있음에도⋯ 노래하고 있음에도 불구하고⋯

황금빛이 이방인들을 유혹했습니다

아무 권리도 없는 그들이, 우리 어머니의 우리 아버지의 땅을
차지했습니다…

그 지역 사람들의 습성은 기만적이고 사악합니다
자유로운 양심이 어찌 쉴 수 있겠습니까? 진실이 방황하고 있
는데?

나의 나라에서, 나의 선조들의 아름다운 터전에서
사람들은 고통 때문에 위대한 역사를 잊었습니다

꿈과, 희망이, 뜨거운 눈물 속에 녹아 버렸습니다
눈물은, 억눌린 진실을 위해 통곡하는 피가 되어 흘렀습니다

인간의 윤리는 낡은 화폐가 되어 버렸습니다…
쓰라린 상처의 눈물이 사랑의 구름을 품어 안습니다

나를 돌아볼 때마다, 가족의 보호를 받고 있는 이방인인 나를
보게 됩니다…
그들도 나처럼 이방인입니다… 빼앗긴 땅에서…

우리는 조국의 땅에서 양들과 더불어 저녁을 맞이합니다
검은 개들이 도사리고, 돼지들이 부릅니다…

어느 날 그들이 우리를 먹어 치울 것입니다… 문명의 이름으로…
로…
의식이 스러지고… 국민은 침략자의 희생양이 될 것입니다

이러한 수모를 겪은 후 우리는 잊어갑니다, 옛 역사를
오래된 그림을… 아 가장 비참한 그림을

그들은 말할 것입니다
여기에… 있었네… 쿠웨이트가, 토후국이
바다에, 육지 앞에, 문명의 깃발을 올렸다고

바람을 가르고, 망망대해에 배를 띄웠다고
왕권과, 왕과… 도시가 생겨나기 전에…

그 후 신문명의 허상이 그들을 속였다고
그들이 유구한 전통의 유산임을 잊게 되었다고 말할 것입니다…
다…

젊은이들이여… 그대들에게 숭고한 희망이 있다오
조국이, 유산과, 믿음이 그대들 손에 있다오

미약한 판단력과, 침잠의 늪에서, 깨어나시오

도시의 깃발들이 홍수에 잠기기 전에…

일어나시오… 불과 석유가 안전한 수중에 있지 않다오
그대들은 숨겨진 야욕을 의식하지 못하고 있소… 못하고 있소

휘황찬란한 모든 것을 벗으시오, 치장된 모든 것을 잊으시
오…
그대들의 진실한 손이 진리의 갑옷이 되게 하오
모래 위에 세워진 모든 것은… 오로지 먼지라오…
깊숙한 곳에 세우시오, 하늘 끝까지 올라갈 것을

나의 쿠웨이트여, 나의 조국이여, 나의 인생이여, 나의 운명이여
나는 길을 잃은 느낌이라오…

나의 충고를 들으시오… 허례허식을 버리시오
진리를 향해 깨어나시오, 시간이 가기 전에

오늘날은… 깊은 잠이 무엇을 의미하는지 모른다오
잊는다는 것을, 기억의 바람이 그것을 품고 있다는 것을…

그대 안의 자유로운 젊음을 요동치게 하오… 희망을 향하여
현세에 변하지 않는 것은 없다오… 살고 죽고 하지요…

그대의 영광스런 과거를 되살리시오, 감미로운 선율을
아랍에서 횃불을 들어 올리시오… 저녁을 밝히게.

나, 그리고 가버린 사람

나의 심장이여 갖가지 고통을 어찌 참아냈소
고통의 삶을 견뎌냈고, 쓰디쓴 잔을 마셨구려
가버린 사람은 왜 내 앞에서 모든 문을 잠갔을까요?
왜 나에게 셀 수 없는 고통과 시련을 주었을까요
주여… 제가 잘못을 저질렀다면 용서하소서
제가 가버린 사람을 오해했다면, 제가 말을 잘못 했다면

나의 깊디깊은 곳에서 빛이 녹았지만
방황하지 않고, 의심도 하지 않고
그대를 향한 비난과 욕설도 퍼붓지 않는다오
나는 거룩하고 지고한 신앙을 가졌기 때문이오
그러나 주여, 나는 젊음의 여정에서 길을 잃었습니다
나의 가장 아름다운 꿈이 검은 안개를 뒤집어 썼습니다

인생의 꽃이, 슬프고 격렬하게 시들었습니다

나의 신이여… 쿠란의 첫 장에서 당신은 나의 운명을 정하셨나요…

내가 인생의 꿈을 보도록, 환상 속에서 신기루를 보도록

내 소망은 구름 속을 떠도는 별이 되는 것입니다

그러다가 목숨이 끊어지고, 젊음이 사라지는 것이겠지요?

내 심장은 여전히 새싹임을… 청춘임을 봅니다

세월에 대한 나의 상상은 유성처럼 떨어집니다

나의 신이여… 내가 당신을 얼마나 불렀습니까, 그런데 응답이 있었는지요?

시련

나는 쿠웨이트 여자입니다 걸프 지역의 딸입니다
드높은 열정의 소유자랍니다
나의 피는 알 사바al-Sabaa가문의 긍지로 가득 차 있습니다
나의 딸들과 아들들이 그 가문의 후손이랍니다…
그런데 우리가 독재 치하에 놓이다니요?
그들이 귀한 우리 자손들을 짓밟다니…

도대체 어떤 율법으로 그들이 우리를 다스리나요?
그들은 뿌리 깊은 가치를 잊고 있습니다
아랍인의 피와 너그럽고 조용한 믿음이
우리를 단결시키지 않았던가요?
어떻게 그들이 종파주의로 회귀할 수 있습니까?
종파주의는 절망이고 재앙입니다…

소인배들이 쿠웨이트의 화합을 찢어 버리고
우리 국민을 구렁텅이에 몰아 넣고 있습니다

우리 국민에게 호소합니다, 기억하지 않느냐고?
즐겁고 순수했던 우리의 밤을…
모닥불 주위에 모여 재미있게 밤을 지새우던 일을

우리는 한 가족이 되어 모여 앉아
덕담을 주고 받았고
친절과 활력이 넘쳐났었지요
그 밤들의 추억을 돌려 주세요
각박한 말투를 삼가 주세요
우리는 걸프 지역에서 젖을 먹고 자라났으니까요
우리는 이 사막에서 살아 왔으니까요…

우리 조상님들은 돛을 올린 분들이랍니다
거친 파도를 헤치고 나갔던 분들이랍니다
우리의 영광스런 과거의 면면들을 바람의 진원지에 두지 마
세요

소중한 혈연적 유대를 훼손하지 마세요
귀중한 공동체의 미래를 위해…

고개를 숙이지 마세요
스스로 저지른 만행을 애써 감추려는 타조처럼 말이에요
이곳은 걸프 지역의 진주랍니다
그 위대한 머리에 씌워지는 왕관이랍니다
이곳의 영혼이 흔들리지 않도록 지켜 주세요
독재자들의 야욕으로부터 지켜 주세요…

나의 조국이여… 나는 타향에 있습니다…
나는 머나먼 당신의 땅이 그립습니다
멀리서 그 땅을 마음속에 담아봅니다

마치 당신을 품에 안듯이
나는 통곡합니다… 불안합니다… 당신에 대한 걱정으로…
당신에게 고통스럽고 끔찍한 시련이 닥칠까 봐
레바논의 재앙은 아직도
진한 색채를 뿜어내고 있습니다.
그대여… 그대여… 그들에게 속지 않도록 조심하세요
그들이 당신을 구렁텅이에 밀어 넣지 않도록….